샛별이 들려준 이야기 따라
걸어간 들길

샛별이 들려준 이야기 따라 걸어간 들길

정득용 지음

하움

🌟 샛별 이야기 따라 들길을 걷다 ❕

2천 년 전 동방의 세 현자는 누군가의 인도로 별을 따라 길을 떠났습니다.

그들이 만난 분의 제자 중 한 명이 있는 자리를 찾아 동성 친구들이 2025년 길 떠날 준비를 했습니다. 처음엔 다섯이 나섰지만 셋으로 모였고 친구들의 응원과 격려를 받으며 각자 짐을 꾸렸습니다.

샛별을 따라 들판을 걸으려 출발한 친구는 51회 동기 김용태 산우회 회장, 윤석민 산행 대장 그리고 저입니다. 4월 18일, 걷기 시작한 첫날, 작은 사고로 한 명은 돌아와야 했고 둘은 29일간 걸어 완주했습니다.

둘 중 제가 29일간 걸은 이야기를 글로 적었고 윤석민 친구가 사진으로 담았습니다.

별이 길을 안내하는 형식으로 꾸민 이야기와 매일 올리는 아침 인사, 그리고 준비하던 며칠간의 대화를 그대로 옮기고 비유는 줄인 그날 소감을 짧은 글 형식으로 덧붙입니다.

완주는 못 했지만 기획하고 출발 준비한 김용태 친구와 사진 찍어 가며 일정과 숙소 잡고 순례를 이끈 윤석민 친구에게 감사를 전합니다.
격려의 글을 더해 준 51회 동기회장 김덕영 친구에게도 감사를 전합니다.

천안 영산홍2길에 사는
정득용

도전하라!

　'빛나는 별 들판의 산티아고(Santiago de Compostela)', 언제부터인가 우리나라 사람들에게 산티아고 순례길이 유행을 타는 하나의 관광 상품이 되어 버리고 본인의 신앙을 돌아보는 종교적인 색채가 많이 무디어진 것 같아 참 안타까웠는데 기다리던 내용으로 가득 찬 저자의 깊은 신앙심이 돋보이는 이 순례기를 대하면서 참 많이 기뻤습니다.

　그동안 살아오면서 어려움이 생길 때마다 산에 오르고 강변을 걸으면서 자연스럽게 많은 고민과 문제를 해결해 왔던 경험으로 보아, 긴 시간을 홀로 걷다 보면 나의 신앙에 대한 여러 가지 문제들도 해결되리라는 기대로 나도 도전해 보고 싶은데 용기가 없어서 실행에 옮기지 못하고 있던 차에 득용 친구가 나에게 많은 영감과 도전을 주었습니다.

　글로 적어 나가며 친구도 인생과 신앙의 많은 부분이 해결되었겠지만, 이 순례기를 대하는 많은 사람들에게도 깊은 영감을 선물로 선사해 줄 것이라 믿습니다.

　긴 시간을 걷는 기간 중에도 큰 탈 없이 건강하게 순례를 마치게 하신 하나님께 감사를 드리고, 이 순례기를 읽은 후 많은 우리 동년배 친구들이 같은 길을 도전하고, 완주하여 개인들의 인생의 숙제, 신앙의 숙제들을 해결해 나가는 도우미의 역할로 이 순례기가 쓰임 받게 되기를 기원하고 소망합니다.

친구
김덕영

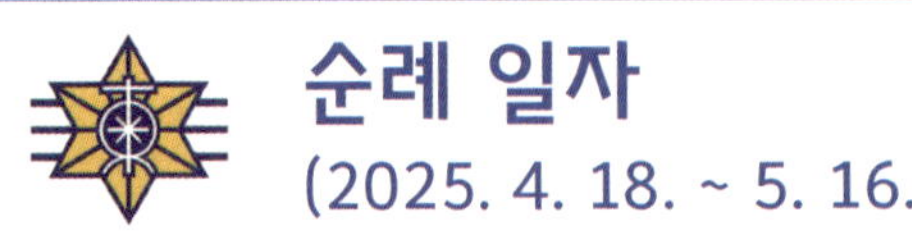

순례 일자
(2025. 4. 18. ~ 5. 16.)

생장피에드포르 ~ 론세스바예스(4/18, 25km)

객지인데 잠은 충분히 잤나

새벽부터 설치는 모습이 우습기도 했는데 진지하더군

준비하는 먹고 마실 거는 적절한데 짐이 무거워 보여

나중에 스스로 알도록 말하지 않겠네

다들 알고 오지만 가볍게 챙긴 이가 드물거든

욕심이야 여기 와서도 일하려는 이들도 있어

한국 사람들은 부지런한 게 장점이지만 이곳에서는 단점이야

에스파냐 문 나서면 나폴레옹 군대가 지나간 길을 걷게 되지

오늘은 해 오르면서 전원 풍경에 놀라고 정상쯤 가면 피레네의 바람에

멀리 보이는 雪山에 놀라고 아무도 뜯지 않는 고사리에 놀랄 걸세

어제 순례자 사무소에 단체로 있던 사람들 정체를 알게 될 거야

버스로 이동하면서 메뚜기처럼 건너뛰기를 하지

다리 힘 없는 이들도 많으니 이해하게

순례자 여권 잘 간수하게 그게 있어야 순례 증명서를 받아

기왕 새벽길 나섰으니 성모 승천 성당에서 기도하고 가게

말 많이 들어 알겠지만 산맥 넘는다는 게 보통 일 아니지

누군가 지켜 준다 믿음 가지면 더 힘이 날 걸세

첫날이니 팁 하나 주지

사람들 많이 모인 곳은 항시 조심하게 행운을 비네

오늘 5시 30분에 나와 생장 피에트 포트에서 론세스바예스까지 25km를 걷습니다. 처음 시작이고 피레네산맥 높은 산이 내려다보고 있어 쉽지 않은 코스 같습니다.

어제는 고속 철도로 이동하여 순례자 사무실에서 순례 여권을 발급받고 숙소를 정하고는 가까이 있는 성모 승천 성당과 주변을 둘러보고 식사하고 어제 일정을 마쳤습니다.

파리를 벗어나며 철도 주변 펼쳐진 어마어마한 평야와 소나무를 광범위하게 조성한 풍광을 눈에 가득 담았습니다.

밀과 유채밭은 우리 김제 평야 같은 곳의 몇십 배 되는 규모여서 감탄 그 자체였습니다.

에스파냐 문을 지나 나폴레옹 길을 걷는 게 순례 시작입니다. 아침은 시간 줄이려 마트에서 장 본 것으로 해결하고 점심은 남은 빵과 우유 그리고 물을 각자 챙겼습니다.

마음 무거운 것이 있으면 스스로 찾아 꺼내려 서로 떨어져 걷기로 했습니다. 식사하거나 상의하고 협조할 일 있으면 모이기로 하고 출발할 것입니다.

오늘도 모두에게 힘내시라 기도합니다. 모두 좋은 날 되세요.

4. 18.

론세스바예스 ~ 수비리(4/19, 22km)

어제 친구 한 명 발목 접질렸더군

마음의 짐도 무거울 때 있으니 그나마 이만한 게 다행이라 생각하고

오늘은 빗길이야 고무신 신고 나선 자네도 조심하게

이곳에서 놀라운 일이 자주 생기는데 그중 하나가 소문이지

벌써 친구 이야기가 한국 사람 사이에 퍼졌어

요새는 손바닥 안에 '앱'인지 뭔지가 깔려 발 없는 말보다 더 빠르게 번지지

그러니 하늘에 있는 나도 가끔 놀랄 때가 많아

아마 저녁 먹는 자리에서 옆자리 부부에게서 그 이야기를 들을 걸세

그들은 또 만날 인연이군

아마 순례 마치고 저녁 먹는 자리에서도 얼굴 보게 될걸

길 걷다가 스치기도 하고 같은 숙소를 쓰면서 서너 번씩 마주치는 이들이 많지

좋은 인연이다 생각하고 볼 때마다 인사 나누게 그게 마음 편해

오늘 도착하는 '수비리'는 다리가 있는 마을이라는 뜻인데

입구에 '라비아'라는 이름의 다리가 있어

공수병 걸린 동물이 이 다리를 세 번 건너면 낫는다는 옛이야기가 있지

마음에 걸리면 자네가 친구 대신 세 번 건너 보게

현대 의학이 효과 있지만 혹시 위안될지 모르지 빗길 꼭 조심하고

어제 숙소는 예약했는데도 절차가 이북 가는 것보다 더 복잡하고 QR 코드를 받고도 종이에 적은 것도 제출해야 했습니다.

피레네산맥 나폴레옹 길 정상 넘기 전은 제주 바람은 바람 축에 들지 못할 정도로 몸을 띄울 정도여서 고생했습니다. 영화 〈The Way〉에서도 조난 사고가 난 곳입니다.

다 내려와서 친구 한 명이 미끄러지며 발목이 겹질려 응급 치료를 받을 정도라 수비리까지 동행이 어렵습니다. 몸이 우선이니 치료받고 다른 코스에 합류하면 되겠지요.

론세스바예스에서는 산타 마리아 콜레히아타 대성당과 성 아우구스티누스 성당, 산티아고 성당 등이 있는데 눈에 들어올지 모르겠습니다.

어제 시계 걸음 수는 4만 6천 보, 35.4km로 찍혔는데 공식 거리는 25km라 믿지 못합니다. 오늘도 어제 비슷한 거리인데 걸어 봐야 실제가 나오겠지요.

〈롤랑의 노래〉가 유럽에서 가장 유명한 서사시라는데 지나며 롤랑의 성을 보았으면 하는 바람이지만 마음이 친구에게 가 있어 어떻게 될지 모르겠습니다.

오늘도 모든 분이 건강하시고 웃음 넘치시길 기도합니다.

4. 19.

수비리 ~ 팜플로나(4/20, 19.5km)

자네 보니 걷는 체질이구먼 빗길에도 날아다니는 것 같아

오늘 부활 축제 날인데 열심히 걸으면

전체가 박물관인 팜플로나 대성당에서 좋은 일 있을 거야

오전 미사 끝에 부활하신 예수님 모시는 행사가 있지

처음 보는 자네는 로마군 차림 철 갑옷 저벅저벅 소리에 놀라고

십자가 고상 아닌 두 팔 벌리신 말끔한 모습에 놀라고

주님 모시는 이들과 경배하고 맞이하는 이들 모습에 놀랄 걸세

자네가 그동안 열심히 신앙 생활한 은총 중 하나니 보고 즐기게나

오늘 다친 친구 보러 가면 친구가 선물을 줄 거야

자네가 지고 온 배낭 버리고 친구 걸 빌려 쓰게

오늘 걷다가 두 번 배낭이 열리더군 싸구려라 그래

배낭에서 패딩과 수건이 떨어졌는데 모르더라니까

바지 비옷도 줄 걸세 그거 방한용으로 좋다네

여기는 4, 5월도 추워 영하 가까이 내려갈 때도 많아

본당 부활절 행사에 참여 못 한 것은 잊게나 자네 없어도 잘 돌아가

스페인 아가씨가 세탁기 남은 시간을 선물할 걸세 땀 찬 옷들은 빨아 널게

그것도 다 내가 배려한 것이니 그리 알고

JUBILEO
2025
PEREGRINOS DE ESPERANZA
MPLO JUBILAR

어제 걷는 내내 비를 만났습니다. 3만 7천 걸음, 29km로 찍히는데 공식 거리는 22km니 산길이라 그런가 봅니다. 걸으면서 고마운 여러분과 아프신 분들 위해 기도 많이 했습니다.

내려와서는 유명하다는 다리 위에서 사진 한 장 찍은 것밖에 없습니다.

걱정했던 친구는 6주 진단이 나와 동행 못 하게 되었습니다. 오늘 도착할 팜플로나에서 만나 아쉬움 달래고 귀국해서 치료받게 될 것입니다. 액땜도 아니고 사고로 봐야겠지요.

친구의 쾌유를 기도하면서 하루를 시작합니다. 부활절이라 지나가다 보이는 성당에서 시간 되면 미사 볼 생각인데 이루어질지 모르겠지만 노력해 봐야겠지요.

어제 머무른 수비리가 바스크어로 '다리의 마을'이라네요. 동행한 친구가 사진 찍어 준 라비아 다리가 공수병 걸린 동물이 중앙 기둥 세 번을 돌면 낫는다는 전설이 있다는데 스페인어로 쓰여 있어서 모르고 지났습니다.

부활절이니 혹시 친구 대신 제가 세 번 돌아도 효과 있다면 대신 돌아주고 싶습니다. 모든 아픈 분이 힘내시기를 기도합니다. 건강한 분들도 행복하시기 바라고요.

4. 20.

팜플로나 ~ 푸엔테 라 레이나(4/21, 24.5km)

오늘은 오르막에 강한 자네 특기 발휘하는 날이지

밀밭 사이 '야고보의 길'을 지나 '용서의 언덕'이라고도 불리는

'자비의 언덕'을 넘을 걸세 고개 이름이 '페르돈'이니 자비가 맞을 거야

자비는 어머니 마음과도 같지 죄 많은 인간이 기댈 곳은 하느님의 자비이고

언덕 오르는 마라토너를 많이 보게 될 거야

그렇다고 가방 메고 따라 달리지는 말게 굴러떨어지면 대책 없을걸

능선 따라 셀 수 없이 늘어선 풍력발전기가 장관이지

고개 정상 순례길 주제로 한 설치물도 마음에 들 거야

내려오는 길가 야생화에 눈 팔지 말게 자네 눈에는 야생 난초가 많이 보일 거야

산길이나 잘 내려오고 점심 맛있게 들게

순례자 전용 메뉴가 따로 있어 값도 적절하고

몇 가지 고르는 재미도 있는데 말 딸리는 자네는 어리둥절할걸

처음에는 샐러드 고르고 다음은 고기나 생선

음료는 와인 들게나 후식은 알아서 그때그때 정하고

여기는 고기가 흔한데 채소가 귀해 빵은 껍질 딱딱하고

초반 며칠 화장실에서 고생할 거야

여기 성당은 문 닫힌 곳이 많아 이유는 차츰 알게 될 걸세

오늘 보니 길가 양귀비꽃 보고도 울컥하더군

뭐라 그러면 또 그럴 것 같아 이만 줄이네

며칠 지났다고 조금씩 적응하고 있습니다. 가리비 표식이 보이면 돌조각도 올리고 흐르는 강물을 걸음 멈추고 바라보기도 합니다.

스페인은 가톨릭 국가여서 문화재급 성당이 즐비합니다. 숙소가 12시 예약이라 많은 성당을 지나면서도 성당 이름조차 알려고 하지 않고 구경만 했습니다. 밑천이 딸려 뭐라 쓰였는지 알 수도 없었고요.

어제는 장엄한 부활절 시작 행사를 11시 30분에 팜플로나 대성당에서 보았고 그전 미사 끝자리에서 영성체 받는 기쁨을 누렸습니다. 주말 광장은 축제 분위기여서 비 오는 데도 시민들이 꽉 들어차 움직이기 버거울 정도입니다.

어제 오후 다친 친구와는 식사하며 헤어졌고 친구 배낭을 대신 메고 오늘부터 속도를 더할 준비를 합니다. 목표로 했던 푸엔테 라 레이나는 여왕의 다리가 있는 곳이라는 이름인데 여왕의 다리도 건너고 그전에 걸으며 성모 승천 성당, 산티아고 성당, 성 베드로 성당을 볼 것 같습니다.

오늘도 힘차게 걸어 보겠습니다. 모두 힘내세요.

4. 21.

푸엔테 라 레이나 ~ 비야마요르 데 몬하르딘(4/22, 31km)

오늘도 손전등과 랜턴을 준비해 나오는군

아침 먹다 남은 걸 가방에 담는 걸 보니 우습네

걸어 보니 욕심이 조금씩 생기지 않았나

하루 5km 더 걸으면 최소 5일 단축하지만 대가 톡톡히 치를 걸세

일찍 나온 만큼 시간 남아 욕심나겠지 아마 10km는 더 가고 싶을걸

다음 거점 중간 산 윗마을은 TV에도 소개된 곳이지

'메리 앤'이라며 자신을 소개하는 아가씨가 맞아 줄 거야

저녁 예약하면 각국 사람들이 식사하며 정담 나누지

뒷자리에서는 자기소개를 한다는데 거기까지는 무리야 대충 먹다가 빠져

외국 사람들은 한번 말 붙이면 대화하길 좋아하지

대신 같은 방에서 한국에서 온 두 사람을 알게 될걸

지나다가 두어 번씩은 스쳤을 거야 와인 주는 수도원에서도 같이 있었지

여자는 '자비의 언덕'에서 사진 찍어 달라던 이고

남자는 수영 국가대표 출신인 장 선생인데

명퇴하고 손에 잡히는 일이 없어 마음 썩다가 왔어

새로운 일자리도 찾고 자신감도 가져가고 싶다며

같이 산티아고 광장에서 만나 사진 한 장 남기고 싶다 할 거야

위로되는 좋은 말 많이 해 주게 그런 게 하늘에서도 복 받을 일이니

IRACHE

가는 곳마다 몇백 년 넘는 성당과 작은 강에 걸린 교각을 보며 어제는 예상 지점 건너뛰고 30km 넘게 걸었습니다.

초반에만 비가 내렸고 날씨가 화창해져서 빨래를 햇살에 말리기도 했습니다. 이라체 수도원 앞 와인의 샘에서 성혈 모시듯 컵으로 꼭지 틀면 나오는 와인을 마시며 갈증을 풀었습니다. 영적 갈증도 언젠가는 풀리겠지요.

계획보다 10km씩 단축하면 누군가 기다리는 집에 가는 날이 가까워집니다. 컨디션이 돌아오면 친구와 어제만큼은 걸을 계획인데 어느 곳에 머물지는 미정입니다.

오늘도 포도 꽃향기 맡다가 들길에서 붉게 웃으며 기다리는 양귀비꽃을 만나겠지요.

우리나라 동네마다 들어찬 교회만큼은 아니지만 마을 가장 높은 곳에 자리한 많은 성당을 오늘도 보게 될 것입니다.

이곳은 15분마다 성당 종소리가 들립니다. 정각에는 더 많이 울리고요. 오늘도 평화롭고 따뜻한 마음으로 이웃과 웃음 나누세요.

비야마요르 데 몬하르딘입니다. 우리 모두 다 같이 굿 럭!

4. 22.

비야마요르 데 몬하르딘 ~ 로그로뇨(4/23, 40km)

오늘은 더 일찍 나오더군

같은 방 분들이 한 시간 더 먼저 나가긴 했어

별들은 몇 나오지 않고 그믐으로 가는 중이라 달빛도 약할 거야

산 내려가다 자동차 길 건너고 갈림길도 몇 만날걸

길 잃을지 모르니 조심하고 산 밑 마을이라 추워 단단히 준비하게나

올해는 새벽 기온이 1℃에 가깝고 해가 힘 못 써 낮에도 10℃ 못 넘겨

10km 가까이 민가 하나 없는 밀밭만 펼쳐지는데

지루하다는 말도 나오고 너무 넓다는 말이 튀어나오지

아메리카노 커피 마시고 싶어도 오래 참아야 할 거야

엊저녁 식사는 어땠나

식사 더 주고 와인을 달라는 대로 주는 곳은 여기서도 드물어

오늘 잡은 40km는 무리 같은데 객지에서 너무 과신하지 말게

몸에 이상 오면 짐이 더 무겁게 느껴진다네

발이 고생 많지 발가락 발바닥 발목 무릎까지

이곳 지나간 이들 중 내 이야기 새기지 않은 이들은 힘들어했어

내일 도움말 던지려니 잘 새기게나

힘내라 하는 이야기니까

공식 40km, 손목시계로는 6만 8천 걸음, 54.7km 찍혔습니다. 새벽 5시쯤 나와 잘 전진했는데 갈림길 하나를 지나쳐 산으로 드는데 계속 밀밭이 나와 30여 분 헤맸으니 3km 정도 빼도 무척 많이 걸은 셈입니다.

거의 8km 민가 하나 없이 밀밭만 펼쳐져 걸으며 힐링 제대로 했습니다. 이틀간 초과 달성으로 하루 코스를 당겼습니다.

내일은 이곳 로그로뇨에서 나헤라까지 29.5km 예정인데 얼마나 당길지 모르겠습니다.

어제 같은 방에 묵은 한국인 두 분은 3시 짐 꾸려 4시 전에 나서더군요. 오늘도 같은 방이긴 한데 남녀 16명, 침대에 10명 정도 들어차 이곳 시간 밤 10시인 지금 대부분 피곤했는지 들리는 코 고는 소리가 장난 아닙니다.

여행 마지막에 돌아갈 곳이 있다는 것도 행복이라지요. 삶의 마지막도 돌아갈 곳도 있어야겠다는 생각을 해 봅니다.

지나다 꼭 들르는 성당 대부분 몇백 년은 기본이라 보수하는 곳이 많습니다. 그래도 신자와 순례자를 위해 관람과 기도를 하도록 개방하고 있어 우리도 배워야 할 게 많습니다.

오늘도 길 위에서 무얼 챙길지 버릴지 모르지만 열심히 걷겠습니다. 그대도 오늘 열심히 채우세요.

4. 23.

로그로뇨 ~ 나헤라(4/24, 29.5km)

오늘 나오면서는 짐 덜더군 매일 쓰지 않는 것은 버리는 게 좋지

벌레 물릴까 준비한 것부터 침대 머리에 두고 오던데

요즘 세상에 빈대 나온다고 야단들인지 모르겠어

삶지 않은 마른 굵은 국수는 또 해 먹기 그래 그것도 잘 버렸어

발바닥에 생긴 물집은 어떤가 내리막에서는 더 쓰릴 걸세

자네 '동키' 들어 봤나 영화 〈슈렉〉에도 나오는 말 많은 당나귀

'동키'가 친구 하자며 부를 거야

애가 여기서 짐 날라다 주며 먹고살지

전에는 풀만 먹었는데 요즘은 기름으로 돌아가

돈 만 원 정도면 하루가 편해 기본이 있고 거리가 늘면 더 받기는 해

처음에는 다들 버티다가 한번 쓰면 자주 부르게 된다네

발바닥 물집 가라앉을 때까지라도 써 보게

두꺼운 밴드 붙인다고 해결되는 게 있고 아닌 게 있다니까

아픈 것 참지 마 누가 대신해 주지도 못해 객지에서는 서럽다고

서로 좋은 일이니 꼭 '동키'를 부르게

오늘 자네 맞은편 자리 여자가 '빅 마우스'야

목소리부터 요란스럽지 소리가 커서 그렇지 사람은 괜찮아 사교적이고

아프면 더 예민해지니 잔소리 걸어야겠군 오늘도 "Buen Camino"

¡Buen Camino!

　이곳 지명은 아랍어에서 유래한 바위 사이의 도시, 험한 바위가 있는 곳이라는 나헤라입니다. 숙소 뒤 강가 절벽은 붉은 사암, 판상 절리가 드러나 있습니다. 아주 오래전 이곳 주변 모두 거대한 호수였겠지요.

　열흘 가까이 걸었더니 저는 오른 발바닥 상단에 엄지손톱만 한 물집이, 친구는 오른쪽 무릎에 통증이 끼어들었습니다. 두 번 같은 숙소에 머무신 분이 주신 바늘로 물은 빼냈고 식당에서 나온 올리브기름을 발랐는데 효과 볼지 모르겠습니다.

　배낭 짐을 조금씩 버리고 덜어 내고 있습니다. 어제는 먹다 남아서 들고 다니던 스파게티 국수와 친구가 준 벌레 퇴치제 두 통을 냉장고와 침대 밑에 두고 왔습니다. 속이 없어선지 몸 안의 것도 잘 비우고 있고요.

　오늘은 컨디션 좋으면 예정 28km보다 조금 더 쏘려고 합니다. 발바닥과 무릎, 하늘이 도와주어야겠지요.

　이곳은 맑은 하늘이 연속인데 그대 계신 곳은 어떤지요.

　이곳 푸르름을 날려 보내 드립니다. 좋은 날 되세요.

4. 24.

8일 차

나헤라 ~ 빌로리아 데 리오하(4/25, 36.5km)

오늘은 거점 지역이라 볼거리 많은데 일찍 나오는 게 더 가려나 보네

어제 숙소 식당에서 만난 멕시코 아줌마하고는 친해졌군

이쯤 왔으면 자신을 돌아볼 때 되어 가

자네도 인간 나이로 많이 살아온 편이라 알 거야

본래 자기 자신은 없었다는 것을

영혼은 저 높은 분 몸은 부모님으로부터 받은 거지

배낭 비 바지는 친구 모자 목수건 손가방은 지인 로사 수녀 거지

여기 오는 비용은 자네 아내가 댄 것 아닌가

이곳 말을 하지도 알아듣지 못해 동행하는 친구가 고생 많아

사람들은 순례길에서 버리는 것도 얻어 가는 것도 있어

여기서 무엇을 얻고 버리는지는 자네 몫이야

마음 편해지는 것 하나만 건져도 본전은 한 거라네

자네는 고마움에 대한 생각을 많이 하더군

그것도 좋은 거야 감사함을 느끼면 모두가 사랑스럽지

한국 같으면 민원 넣고 난리 치지만

여기는 15분마다 성당 종소리를 나누지 매시간 정각에는 더 많이

오늘 내리막길에서 수건으로 다리 싸매고 절룩이며 걷는 이 볼 거야

대단해 며칠째 저러고 혼자 걷고 있지 그녀 보면서 오늘도 힘내게

오늘 공식 거리는 36.5km인데 시계는 10km 더 찍혀 있습니다. 여러 마을을 지났지만 산토 도밍고 데 라 칼사다가 인상적입니다. 대성당과 69m 종탑이 눈에 들고 성당 주변 민가 곳곳은 모두 문화재급입니다.

강을 가로지르는 11세기에 놓인 돌다리는 지금도 2차선으로 차가 다닙니다. 우리 같았으면 보호해야 한다고 무슨 단체들이 들고 일어났을 것입니다.

다리 입구에서 친구가 먼저 가라기에 다리가 아프다 했더니 자기도 다리 아프다네요. 그러자 다리 위를 날던 종다리가 "쭈리 쭈리 쭈리" 하며 웃고 갑니다.

지금 있는 16명만 받는 숙소는 마구간 있던 시골 옛 가옥 2층을 손본 것 같은데 은발에 산적같이 덩치 크신 여주인이 혼자 저녁과 내일 아침까지 챙기며 상냥합니다. 빠른 스페인 발음이라 알아듣지도 못하고 말하지도 못하고 몸짓 보고 그냥 웃습니다.

약사 친구가 응원으로 보내 준 진통제로 발바닥 통증은 잡아 내일은 천천히 걷다가 어디서 쉴지 몰라도 멋진 순례가 될 것 같습니다.

수만 평 밀밭에서 밀려오는 그린 그래스 향을 날렵한 종달새 다리에 묶어 보내 드립니다. 엽록소처럼 산뜻한 오늘 되세요.

4. 25.

빌로리아 데 리오하 ~ 아헤스(4/26, 37km)

푹 쉬었나 숙소가 시골스럽지 식당이 아마 마구간이었을 거야

밥값 기부함에 알아서 넣으라 해서 당황스럽기는 해

오늘 아침에는 미국 노인과 같이 사진 찍는군

외국인들은 은발이 많고 턱수염에 가린 겉모습에 나이만 들어 보여

한국 사람들 단체에 짜증 나기도 하겠지만

편안한 노래 듣게 해 줄 두 친구를 오늘 만날 거야

호세는 앞을 못 봐 디에고는 올해 은퇴했고

호세가 먼저 부탁했어 산티아고까지 가 줄 수 있냐고

디에고는 화답했지 자기도 가고 싶었다며 그렇게 둘이 떠난 거야

둘은 천천히 아주 천천히 가고 있지 하루에 10km 정도

호세가 계속 말 붙이고 노래를 해 그러면 디에고가 화음을 넣지

우정이 노래만큼 어우러지는 멋진 친구들이야

자네는 그런 생각을 하게 될걸

누군가 그런 부탁을 하면 과연 들어줄 수 있을까 하는

일없이 놀면서 이런저런 핑곗거리를 찾을 거야

그만큼 열린 마음이 아니라는 거지 자신감도 없고

이웃을 사랑하라는 말을 수없이 들었어도 잘 안 해 왔잖아

돌아가면 많이 생각해 보게

좋은 친구를 얻으려면 좋은 친구가 돼야 하는 거거든

- 노래하는 친구들: 왼쪽

공식 거리 37km 찍었습니다. 예정은 산 넘어 산 후안 데 오르테가로 잡았으나 한국 단체가 몰려 스페인 같지 않아 한 구간을 더 걸었습니다.

첫날 피레네 넘을 때 서초동에서 오신 분 말씀이 떠올랐습니다. 12년 전에는 그렇지 않았는데 한국인이 길 다 버려 놓았다는.

이곳은 땅이 넓어서인지 철문으로 초입과 끝만 구분하고 외부인들 드나들도록 소유자들이 배려하고 있어 좋은 인상을 받게 되네요. 오늘도 그런 길을 1km 넘게 통과했습니다. 긴 해외여행은 처음이라 현금처럼 쓰는 카드는 만들어 왔지만 시험 삼아 긁으니 잔고 없다고 뜹니다. 유로화로 환전한 상태를 유지해야 쓰는데 생각 없이 그냥 온 것이지요.

친구가 반 시간 정도 수고로 해결했습니다. 여행은 맨땅에 부딪혀 보는 게 아니라 최소 90% 준비를 하라는 교훈을 얻습니다.

내일은 천 미터급 산을 넘어야 해서 부르고스까지 22.5km 잡지만 큰 도시라 한국인들 또 만나면 생각이 달라질지 모릅니다.

오늘 새들이 "유 아 오케이." 그러는 것 같았는데 내일은 어떻게 들릴까요. "아 엠 올 오케이."입니다.

4. 26.

아헤스 ~ 부르고스 (4/27, 22.5km)

새벽어둠에 고갯길 힘든데 잘 넘더군

십자가 자리가 사진에 잘 나오는데 너무 서둘러

해 오르기 전이니 꼭대기에 서면 멀리 시내가 가깝게 보일 걸세

어제 묵은 마을은 자체가 작고 빈집이 많았지 이촌 현상이 여기도 심해

오늘 보게 될 대성당과 비교되지 않는

산타 에우랄리아 성당은 찾는 이들이 없어 문 닫기 직전이야

마리아 자매님이 봉사하며 종소리라도 계속 울리게 하고 있어

자매님도 나이 많아 언제 그만둘지 몰라

몇 명 들르지도 않는 성당이지만 찾는 이들 손을 잡아 주곤 해

오늘 머무를 곳은 볼거리 많아 순례자들이 머물다 가지

10일 차니까 아마 한국 음식이 당길 거야 잘 찾아봐

일요일에는 문 닫는 곳이 여럿이지만

부르고스 산타 마리아 대성당은 가히 박물관이야

유네스코 세계 문화유산으로 등록되었으니 국보급이지

자네 나라 석굴암이 돌로 다듬은 걸작이라지만

이곳 거대한 첨탑과 지붕을 석재로 다듬은 걸 보면 입 벌어져

밖에 나와 봐야 세계가 넓다는 것을 알게 돼

신앙심이야 각자 몫이고 크기 따질 수 없지만

옛사람들은 돌 만지며 어떤 생각을 했었나

장인들의 손길을 조금이라도 느꼈으면 해

이곳의 4월 끝자락으로 가는 새벽은 길 나서서 손 흔들면 시릴 정도지만 햇살 오르면 여름같이 따갑습니다. 수량이 풍부해서 식음 수돗물을 종일 떨어지게 하는 곳도 있고 틀면 언제나 받아 마실 시설이 마을 지나다 보면 눈에 들어옵니다.

열흘 되어 가니 걷는 분들이 대충 눈에 들어오고 발바닥에 잡힌 물집 통증도 점차 무뎌져 갑니다. 먹는 것도 입이 알아서 맞춰 가네요.

오늘은 부르고스 대성당 근처 숙소에 있습니다. 성당 자체 규모가 어마어마하네요. 조각상, 부조, 성화도 그렇고 성당 앞 산타 마리아 성문도 웅장합니다. 성당 입구 조각 중에 석판 들고 있는 모세와 그의 형 아론, 반대쪽 베드로만 알겠고 나머지는 뭐라고 이름이 쓰여 있지만 제 수준이 짧아 누군지 모르겠습니다.

성문에는 영화로도 유명한 엘 시드가 조각되어 있다는데 찾지 못했습니다. 시간을 못 맞춰서 대성당에서 미사는 못 보고 들어가자마자 영성체를 나누시기에 염치 불고하고 받았습니다.

친구와 둘 다 상태가 조금씩 떨어지고 있어 거리와 속도를 조금씩 늦추려 합니다. 살다 보면 돌아가기도 하고 쉬어 가기도 하는 거겠지요.

그대도 편안한 오늘 되세요.

4. 27.

부르고스 ~ 오르니요스 델 카미노(4/28, 20.5km)

갈 길 아직인데 열흘 넘어섰다고 자꾸 돌아보려는군

오늘은 세상 참 넓다는 것을 알게 해 주지

자네 나라에서는 3~4만 평 농사하면 부농이라고 하지

여긴 기본이야 하도 넓어 규모를 셀 수 없는 곳도 많아

아주 오래전 이쪽은 커다란 호수 바닥이었어

땅이 꿈틀거리며 위로 올라와 지금 같은 고원이 많아

자네도 봤겠지만 주먹만 한 자갈이 절반이라 밭농사가 주라네

여긴 봄이 건기고 가을이 우기야

씨 뿌리려면 가을이 적기라는 것은 상식이지

가을에 심는 밀이 그래서 지금 같은 봄에 이삭을 내민 거야

포도도 몇백은 거의 없고 몇천 몇만으로 키를 맞춰 기른다네

키가 크면 따기 힘들거든 비닐 씌우기는 상상도 못 하지

오늘 걷다 보면 사방이 지평선이라 감이 안 오는 곳이 있어

대평원이지 이런 곳이 한둘 아니야

웃기는 이야기 하나 해 줄까 이쪽과 서쪽의 밀 품종이 달라

그러니 빵 식감에서 맛이 다르고 이쪽 빵 껍질이 더 딱딱해

자네 나라 젊은이들도 많이 순례하는데

혼자 몇 달씩 유럽을 뒤지고 다니는 여자들도 많아

오늘 만나는 두 청년 보고 놀랄 걸세

자네는 그 나이에 집 사고 결혼할 생각뿐이었잖아

그런 이야기를 하면 꼰대라 한다지 나도 꼰대야

지금 있는 곳은 목표에서 469km 남은 곳입니다. 몸 추스르려 속도는 늦추고 거리는 줄였습니다. 내일은 예정보다 10km 정도 더 밟으려 합니다.

길 걷는데 태극기를 달고 달리는 자전거 두 대가 앞질러 가더니 저희 숙소 앞 성당에 멈춰 섰습니다. 반가워 손 내밀고 어디서 출발했냐 묻자 작년 6월 헬싱키에서 3년 반 목표로 세계 일주를 한다는군요. 대단한 한국인들입니다.

오다가 950m 고도의 메세타를 지나는데 서산 간척지 수십 개 되는 끝이 없어 보이는 평원이 밀을 심어 놓고 펼쳐져 있습니다. 그런 곳이 한둘 아니라서 이런 곳을 그냥 메세타라 부른다네요.

그 곁에는 수백 개 풍력발전기가 날개 셋을 달고 편서풍 받으며 천천히 돌아가고 있어 그야말로 장관이었는데 친구가 "비교 불가." 한마디로 정리합니다. 세상이 참 넓습니다.

오늘도 행복으로 가득 채워진 하루 되세요.

4. 28.

오르니요스 델 카미노 ~ 이테로 데 라 베가(4/29, 31.5km)

처음에 조언했어야 하는데 여기 식당은 아침은 7시 넘어 시작해

오후 3시면 문 닫고 가게들도 7시 넘어야 여는 곳이 많아

마을에 하나 있을까 말까 하는 슈퍼도 오후 4시에 다시 열지

시에스타 풍습이 시골일수록 더 남아 있어

그러니 새벽 별 보고 다니려면 미리 준비하게

식당 겸한 숙소가 아니면 순례자를 위해 주방과 식기가 있어

산 넘어 갈리시아로 가면 주방만 있고 조리 시설은 없기도 해

간단하게 빵과 우유나 음료 그리고 사과를 많이 챙기더군

한국인들은 컵라면 같은 국물 있는 것을 좋아하지

이제는 배낭이 익숙해져 가볍게 느껴지지 않나

아니면 피로가 쌓인 거야 와인 줄이고 잠을 푹 자게

여기 와서도 스마트폰으로 인터넷을 하고 잠 설치는 이들이 많아

어제 좋은 경험을 했을 거야 스페인 전역 정전 소식이 전 세계에 퍼졌지

이런 일이 처음이라서 정부에서도 허둥댄 것 같아

전기 끊이니 모든 게 마비였지

그 와중에서도 이득 보는 이가 있는 걸 나도 처음 알았다네

오늘 통과할 메세타도 장관이니 눈에 많이 담게

깔딱고개 하나 있는데 오를 때보다 내려올 때 조심하게

사람의 일도 마찬가지야 내리막에서 꺾이면 다시 서기 더 어려워

또 꼰대의 언어를 썼군 미안하네 나도 치매 오려나 봐

어제는 오후 2시부터 9시 가까이 스페인 전역이 정전이었습니다. 통신도 두절되었지요.

식당은 문 닫고 하나뿐인 시골 가게는 대박 나 저녁 6시에 철수하더군요. 장작 화덕으로 음식 하는 식당 한 곳이 있어 저녁은 해결했는데 오늘 아침은 친구가 식당에서 챙긴 빵 두 조각을 하나씩 나누고 4시 55분에 출발했습니다.

어둠을 헤드 랜턴으로 길 밝히는데 얼마 지나지 않아 이마저 깜박이더니 파업입니다. 예비를 준비 못 한 자신을 탓하며 걷자 오감이 별빛 따라 길 찾아 나갑니다.

짐은 매일 줄어 치약과 세숫비누 하루 사용분만큼씩 가벼워집니다. 발바닥 물집은 굳어 더 단단해졌으니 적응이 참 무섭습니다.

오늘도 메세타를 지나는데 사방이 지평선이니 할 말을 잃었고 아침노을과 여명이 등 뒤를 밀며 응원해 자연과 하나가 되는 기쁨을 맛보았습니다. 고개 내민 밀 이삭 바람 타며 일렁이는 풍광을 내일도 볼 수 있을 것입니다.

그대도 마음의 평화가 함께하는 오늘 되세요.

4. 29.

이테로 데 라 베가 ~ 카리온 데 로스 콘데스(4/30, 34.5km)

오늘은 쏟아지는 별빛 아래에서 친구와 둘이 간단하게 요기하더군

오늘 풍광을 아주 좋은 것과 조금 좋은 것으로 섞었어

친구가 하는 말 나도 들었어 다들 이때쯤이면 한두 번은 나오지

이곳에 오지 않았으면 새벽에 나설 일 없고

챙겨 주는 따뜻한 밥도 먹고 느긋하게 화장실도 가고 그랬을 거야

숙소에 사람은 이삼십 넘는데 화장실 남녀 하나 달랑 두 칸이니

오래 앉아 있기 불편해 그래도 다들 잘 지나가

그런 말 나오는 것은 적응 마치고 익어 가는 단계야

초반에 욕심냈던 것도 조금씩 줄이게 되지

그러다가 컨디션 돌아오면 또 욕심을 부려

오늘 건널 오래된 다리 앞에 작은 경당이 있지

벽면에 HOSPITAL이라는 글자 보면 다들 잠시 멈추게 돼

혹시 물파스라도 있는지 궁금해서 들어가고 잠시 쉬기도 하지

그곳은 오래전 순례 나환자를 위한 곳이야

지금은 봉사자 한 분이 오는 분들을 맞지

원하면 커피 차 물 쿠키를 마시고 먹고 가도 돼

그러니 내부 둘러보고 사진도 찍고 동전 있으면 기부하게

안쪽 2층 침대가 있어 알베르게로 이용하지만 머무는 이는 거의 없지

그래도 뒤쪽 화장실만큼은 순례길 중 최상이라네

해우소가 그런 거지

CONFRATERNITA
S. MVS
SAN JACOPO di COMPOSTELLA
PERUGIA

　오늘은 이테로 데 라 베가라는 곳에서 4시 50분 출발, 카리온 데 로스 콘데스까지 34.5km를 걸었습니다.

　4km 정도는 운하를 따라 포플러 늘어선 길을 기분 좋게 걸었고 20km 정도는 차도 옆 센다라는 보행자 전용 도로를 지루하게 걸었습니다.

　지금 있는 곳은 수녀원에서 운영하는 숙소인데 평점과 가성비 모두 높습니다. 한국 수녀님이 지원하시는지 작은 메달도 하나 받았습니다.

　오늘 새벽 쏟아지는 별빛 받으며 배낭을 메려던 친구가 "이게 뭔 지랄이여." 합니다. 몸도 짐도 무거워지자 나온 탄식 같은데 8시경 거점 중 한 곳인 프로미스라는 곳에서 카페에 들러 커피 마시고 나오다 또 같은 소리를 해서 혼자 웃었습니다.

　오늘까지 예정보다 사흘 당겼지만 앞으로는 큰 도시들이 이어져 크게 무리하지 않으려 합니다. 계속 2층 침대에서 오르내리다 이곳은 1층 침대에 6명뿐이고 옆방이 기도실이라 아주 좋습니다.

　내일은 어떤 풍광을 보고 무슨 생각을 하며 걸을지 상상해 봅니다. 그대도 5월 연휴와 함께 별빛 안내로 길 나서 보세요. 행복한 오늘 되시고요.

4. 30.

14일 차

카리온 데 로스 콘데스 ~ 테라디요스 데 로스 템플라리오스(5/1, 26km)

오늘은 근로자의 날이라 식당도 쉬는 곳 많으니 참고하게

이곳 숙소가 마음에 들었나 봐 6시까지 누워 있던데

나도 하루 쉬고 싶은데 자네 같은 이들 때문에 그게 안 돼

혹시 아프기라도 하고 길 잘못 찾을까 걱정 많아

남들 쉬는 날에도 걷겠다니

오늘은 상쾌함이라는 선물을 안기겠네

가다가 길가에 차 대 놓고 달팽이 줍는 이들 보게 될 거야

배수로 풀에 붙은 애들도 그렇고 길바닥에 나온 애들도 많아

집에 가져가 삶아 먹는지는 모르겠어

식용으로 기르는 양식장에 팔기도 할 거야

햇볕 나오면 길바닥에 말라 죽은 애들도 꽤 많아

보이는 대로 풀숲으로 던져 놓게 생명은 모두 소중하니

오늘 머물 숙소 근처에 12세기 템플기사단이 운영하던 숙소 터가 있어

며칠 뒤에는 거대한 템플기사단 성체도 보게 될 거야

아침에 만난 여인은 장사 수완이 뛰어나지

50m쯤 더 가면 라이벌 상설 가게가 있는데 길목에 잡은 거야

며칠 뒤 그녀보다 더 뛰어난 여인 만나게 되니 기대하게

〈왈가닥 루시〉 같은 여인이니

참 〈왈가닥 루시〉는 50년대 미국 TV 코미디 프로였다네

너무 오래된 비유였나

OUR MENÚ
Sandwiches
Hot dog
Omelette
Toasts
Combined dishes
COFFEE WAY EL CAMINO
Coffee/tea/Vegan Milk
Natural orange Juice
Marshmallow/Soda Water
Nuts and dried fruit
Snacks/fruit
0,5 Km
0,5 Km

오늘은 길 나서서 2km 지나다 삐끼(?)를 만났습니다.

젊어 보이는 여자분이 8시경인데 유모차를 앞에 놓고 서 있다가 지나는 이들이 유모차 안이 궁금해 걸음을 멈추면 메뉴판을 보이며 뒤쪽에 있는 푸드 트럭을 가리킵니다.

트럭에는 남편으로 보이는 수염 많은 남자가 뭐라고 하는데 친구와 종이컵에 담긴 커피 한 잔씩 마시고 4유로를 바쳤습니다. 기념으로 유모차 앞에서 스페인 여인과 사진 찍고 가벼운 마음으로 전진했습니다.

새벽에 비가 그쳐 공기, 새소리, 밀밭의 푸르름, 몇만 평 규모의 유채꽃의 응원을 받으며 예정보다 9km 더 통과해 머물고 있습니다.

이곳은 생장과 콤포스텔라 중간 지점으로 6세기 로마 후기 시대부터 순례자를 위한 마을이 형성되었다네요. 12세기 템플기사단이 운영했던 숙소는 폐허로 남아 있다는데 그곳은 보지 못했습니다.

내일은 머물 예정이던 사아군이라는 비교적 큰 도시를 지나 얼마나 더 갈지 하늘과 발바닥, 발목이 정해 주겠지요. 연휴 즐기시며 행복한 오늘 되세요.

5. 1.

테라디요스 데 로스 템플라리오스 ~ 엘 부르고 라네로(5/2, 32km)

비가 잡혀 있고 바람도 많아 걷기 불편할 거야

마음 급한지 마을 길 우회하고 위험한 차도로 걷더군

센다 중간중간 물에 잠겨 이해는 가네

이런 날은 여기저기 나도 바빠 오늘은 도우미 셋을 붙였네

숙소에서 짐 싸면서 놓고 온 묵주 있지

그것 잃었다고 마음 쓰지 말게 챙겨 줄 테니

서울에서 혼자 온 형제 가방 안에 하나 더 넣어 두었어

그리고 큰 나들목에서 길 잘못 들 거야

큰길 벗어나면 돌아오는 데 오래 걸리기에

빵빵 자동차 경적 들리면 뒤돌아보게 손짓도 해 줄 거야

하나는 힘내라는 응원단이지

말 못 하는 이곳 출신인데 중간쯤에서 손짓으로 뭐라 할 거야

사랑한다고 하트 하나 날려 주면 그도 따라 날린다고 했어

나머지는 표지 따라 알아서 가게

민원이 심해 요즘 군대에서는 이런 날 행군하지 않는다는지

감기 들고 넘어져 무릎이라도 까지면 부모들부터 난리라며

지나다 바람에 몸 맡기고 춤추는 들판의 밀들을 봐

아름답지 않나 넘어졌다가 다시 서고 또 일어나는

풀처럼 그래야 하는데 말이야 어린 풀도 알아서 서는데

오늘은 길 나서며 비옷으로 출발했습니다. 마을 길로 들지 않고 차도 갓길로 20km 정도 걸었고 비 그치고도 순례 전용 도로가 곳곳 물이 잠겨 진창이라 아스팔트를 또 이용했습니다. 그러다 보니 두 마을을 우회해서 32km 걸었습니다.

숙소 먼저 잡고 저녁과 아침거리로 슈퍼에서 김치 신라면과 비상용 컵라면을 장만하고 절반 통과를 자축했습니다. 친구와 가득 먹고 와인도 한 병 비웠는데 예상보다 싸게 나와 얼마나 좋았는지 모릅니다.

정식 순례길로 돌지 않은 게 마음에 걸리지만 덜 질척거린 편안한 하루였습니다.

왕립 프랑스 길을 찾아가다 도중 방향을 잘못 들었는데 친절한 분이 빵빵거리며 수신호로 돌아가라 안내해 주십니다. 덕분에 헤매지 않고 목표한 숙소에 들었습니다.

이곳은 흐리면 기온이 엄청 내려가 내일은 컨디션 조절을 위해 날이 밝은 뒤 23.5km 걸으려 합니다. 비 맞은 날은 쉬어 가기도 해야겠지요.

이곳은 엘 부르고 라네로라는 곳입니다. 그대의 오늘도 쉼이 채워져 편안하시길 기도합니다.

5. 2.

엘 부르고 라네로 ~ 비야모로스 데 만시야(5/3, 23.5km)

여기까지 와 라면 저녁과 아침 맥주가 뭔가

입이 초등인 것 같아 남은 컵라면을 배낭에 챙기는 걸 보면

집에서 걱정할지 모르니 잘 먹고 다니게

그 집 호주 출신 봉사자 부부가 관리하잖아

화목 난로 앞에 신발 널라고 했는데 잘 말랐나 모르겠어

오늘도 센다 걸으며 파란 밀밭과 갈지 않은 옥수수밭 볼 걸세

옥수수밭에는 작년 이삭이 많아 까마귀들이 떼로 자리를 잡았지

애들이 여기서 알 낳고 지내다가 여름에는 위쪽으로 옮겨 간다네

메세타 지역이라 오늘은 지루할 수도 있어

눈요기하라고 노는 땅에 들꽃 풀어놓았지

일손 부족으로 여기도 놀리는 땅이 더러 있어

포도 수확 철에는 해외 분들을 많이 쓰게 돼

워킹 뭐라나 한국 남자애들도 가끔 일해

계속 비 내린다고 불평하던데 오늘은 비를 피하게 해 주지

모든 게 타이밍이 중요하잖아 자네 여기 온 것도 그렇고

정확히 12시에 식당에 들어가게나

오늘 내려야 할 비를 그때까지 참고 있으라 부탁해 놓았네

어제 했던 군대 이야기를 조금 풀었더니 담당이 이해하더군

눈에 드는 야생화 곱게 찍어 집으로 보내 보게

여자들은 꽃에 약해지지 돌아가면 가끔 꽃 선물도 해 보고

오늘 순례길은 무척 지루했습니다. 숙소를 나서 약 15km 플라타너스가 줄지어 선 차도 옆 순례자 전용 길 센다를 따라 걸었습니다.

메세타 지역이라 끝없이 펼쳐진 밀밭과 쉬는 땅에서 웃는 수만 평 야생화가 볼거리였습니다. 강원도 봉평 메밀밭은 정원 정도로 보일 규모입니다.

숙소에 들자 소나기가 쏟아지는데 하늘이 얼마나 고마운지 모릅니다. 친구의 수고로 위약금 물고 귀국 항공권 변경해 21일에는 인천에 떨어질 예정입니다. 열심히 걸었더니 한 주 당겨진 셈입니다.

내일은 순례길에서 정거장 같은 레온이라는 비교적 큰 도시를 지납니다. 예수님 태어난 전후 로마군 6~7군단이 주둔하고 정착한 것이 도시의 기원이라네요.

군단이라는 의미의 Leglo에서 유래된 도시를 돌아보고 컨디션에 따라 군단처럼 몇 km 더 나갈지 모르겠습니다.

저벅저벅 오늘도 힘차게 행진하세요.

5. 3.

비야모로스 데 만시야 ~ 레온(5/4, 14.5km)

삶은 계란 하나 먹고 일찍 출발하는군

어제 점심 바가지 쓴 것이 속 쓰렸나 봐

메뉴를 말로만 설명하는 곳은 가끔 그 짓 한다네

겨우 29€ 나왔던데 뭘 그걸 가지고 그래 잘 먹었으면 됐지

오늘 낮 숙소 옆 성당에 미사 보러 가게 될 거야

성당이 자네가 생각과 많이 다르다네

주일 미사인데 신자가 적은 것과 주 제단이 너무 화려해 놀랄 걸세

이곳은 수도원이나 성당이 많이 쇠락했어

사회주의와 무신론이 광풍처럼 작용했고

너무 비대해서 사람들이 거리를 두기 시작했지

교회가 가난과는 어울리지 않는 짓을 한 것도 잘못이야

그 여파로 대도시 성당들도 신자와 성직자가 줄고 있어

시골 성당은 문을 잠그거나 자원봉사자로 겨우 유지할 정도라네

일요일 아침에 나도 모르는 영업하는 식당을 찾아가더군

구글 앱인지 뭔지가 내 일자리까지 빼앗으려 해

오늘은 황소개구리에 놀랐을 거야

귀띔해 주는데 마지막 날에는 더 놀라게 하려고 준비 중이거든

오늘 만나는 한국인은 전에 한 번 스쳤을 거야

직장 사장과 모시고 일하던 자네 또래인데

사장은 여기서도 사장 놀이를 해서 내가 두 손 들고 웃고 만다네

escucha
ascolta
hör
escucha
listen
ouve
RECEPCION

오늘은 7시 숙소를 나와 1km 걷다 비를 만났습니다. 잠시 뒤 풀숲에서 커다란 황소 울음이 들리더군요. 혹시 풀린 야생 수소가 달려드나 긴장했는데 황소개구리였습니다. 젊은 총각인지 목청이 엄청 좋더군요.

출발할 때 삶은 계란 하나만 먹어 출출해 식당을 찾았으나 일요일 이른 시간에 문 연 식당이 없습니다. 친구의 구글 앱 힘을 빌려 영업 중인 곳을 찾아 토스트와 커피 마시며 다음 행선을 체크했습니다.

대성당과 시내를 보려 14.5km 걸었는데 시간이 많이 남아 숙소 문 여는 12시까지 기다리는 동안 가까운 성당에서 11시 미사를 보았는데 무슨 말인지 알 수 없었으나 순서가 비슷해 대충 신자들 따라 하다 시간 때문에 도중에 나왔습니다. 성당에는 수녀님 스무 분이 계시고 신자도 그 정도 되더군요.

점심은 짐 풀고 중국 식당에서 중국 간장 국수와 볶음밥으로 해결했습니다.

내일 예정은 23km 거리 비아당고스 델 파라모까지입니다. 바람이 부추기면 또 모르지요. 저만 매일 행복한 것 같은데 모두 나눠 드리겠습니다. 오늘도 행복하세요.

5. 4.

레온 ~ 산 마르틴 델 카미노(5/5, 27.5km)

오늘 코스가 제일 불만 많아 도시라 단조롭거든

시내를 통과하다 보니 순례 맛이 많이 떨어지지

기분 풀게나 다 이런 길 잡은 이유가 있어

여기도 사람 사는 곳이야

돈 벌어야 하고 학생들은 공부하러 가야 하지

보면 알겠지만 승용차는 대부분 카풀이야 혼자 다니는 이가 드물어

엄마들이 자녀 옆에 태우고 나서는 것도 보게 될걸

자네는 한 번도 그런 적 없지만 한국 엄마들은 다 아는 일이지

시내 지나면 산들이 보이기 시작할 거야 雪山도

공단과 상업 지구가 연결돼 차량 소음이 엄청나

한두 번 요긴하게 쓰일 귀마개는 잘 챙겨 두게

이곳 사람들은 성격이 참 좋아

지나는 이에게 "Hola"하면 대부분 "Gracias" 하고 답하지

순례자들이 차에 손 인사를 하면 대부분 모른 척하지 않아

이쯤 오면 돌아갈 생각이 슬슬 올라오기 시작할 거야

그런 것 잊어 보려 왔으면서도 돌아보게 되는 것은 당연하지

은퇴했으니 그나마 다행이야 현직에서는 시간 내기도 어려울 거야

자네 집 영산홍 아직 피지 않았고 꽃씨 죄다 틔웠으니 걱정 말게

짜증 부리지 말고 오늘도 힘내

　7시에 열어 준다는 문을 친구와 6시 45분에 밀고 나왔습니다. 레온 시내를 질러가야 해서 이곳 도시의 월요일 아침 출근길 일상을 볼 수 있었습니다.

　한국은 어린이날 휴무겠군요. 걷는 20여 km가 도심 외곽 공단과 이어져 많은 차량 이동 소음이 서울 한복판 같아 짜증스럽기도 했지만 그것도 느껴 보라고 순례 코스로 잡았나 생각해 봅니다.

　걷다 보니 걸을 수 있는 오늘이 감사하고 매일매일 새로움을 보고 느끼면서 참 좋다는 생각을 합니다. 지금이 내 인생에서 최고의 시간인 것 같고요.

　점심시간 식당에 들자마자 때맞춰 소나기 지나가 오늘도 하늘에게 얼마나 감사했는지 모릅니다. 집 울타리에는 영산홍 붉고 3월에 씨 뿌린 꽃들 싹이 많이 올랐을 텐데 잊고 지냅니다. 내일은 어떤 감사를 하게 될지 기대되네요.

　이곳은 산 마르틴 델 카미노입니다. 내일이 기대되는 오늘을 그대도 만나세요.

5. 5.

산 마르틴 델 카미노 ~ 무리아스 데 레치발도(5/6, 28.5km)

어제 숙소 주인 인심 후하기로 유명한데 잘 쉬었나

이곳 날씨는 5월이지만 추워 올해는 특히 더 춥네

푹 잠들어 몰랐을 텐데 바람까지 심해서 새벽에 겨우 진정시켰지

추운 날 다치는 일이 많으니 단단히 준비하고 나서게

오늘 지나다 보면 영화도 몇 편 찍은 멋진 다리 구경할 걸세

여기서도 나이순으로도 몇 손가락 안에 드는 명소지

걷다 보면 스탬프로 유혹하는 곳이 서넛 나올 거야

고갯마루 허름한 가게가 그렇고

길가에서 과일과 커피 쿠키를 펼쳐 놓은 곳도 그렇고

잘생긴 개를 옆에 두고 몇 가지 물건 내놓은 사내도 그렇지

그중에 Dream Support가 적혀 있는 곳에서 쉬다 가게

좋은 일에 쓰겠다니 먹은 값으로 동전 몇 닢 기부도 해 주고

오늘 머물려는 곳은 아주 작은 곳이야

성당 문도 닫혀 있지 종탑에는 황새가 둥우리를 틀어 놓았고

대부분 관리하지 않는 성당 종탑은 황새들의 고급 고층 아파트지

숙소 여주인은 스페인식 영어에 완전 오버액션이야

남편은 내성적이고 시어머니도 같이 있지만 거리낌 없어

얼마나 웃기는지 개그우먼 저리 가라야

장사 수완은 있어 내일 이른 아침도 챙긴다며 붙잡을걸

재미있는 저녁 시간 갖게나 오랜만에 웃기도 하고

오늘은 느긋하게 7시에 출발했습니다. 겨울도 아닌데 2에서 시작해서 시간마다 1씩 오르다가 낮 최고가 13℃까지입니다.

길 나서며 비옷과 바지 비옷을 껴입고 위에는 입을 것을 다 걸쳤습니다. 잘 때도 난방이 없는 숙소여서 겉옷을 그대로 입고 눈 붙였습니다.

길 지나다 스페인에서 가장 오랜 다리 중 하나인 푸엔테 데 오르비고 다리를 건넜습니다. 로마군이 쌓고 13세기에 개축했는데 지금도 영화 촬영장으로 쓰이고 있습니다.

로마 10군단이 정착한 데서 시작된 도시 아스토르가에서 여러 성당을 돌다 점심을 먹었고 지금 있는 곳은 아스토르가에서 4km 떨어진 무리아스 데 레치발도인데 내일도 오늘만큼 춥다는 예보지만 적응하겠지요.

장미 피는 5월에 겨울 날씨를 느끼며 순례하는 것도 남다른 의미가 있을 것입니다. 길어야 남은 길이 260km, 열흘 안쪽이라 마음 편안합니다.

그대도 편안한 하루 되시길 기도합니다.

5. 6.

무리아스 데 레치발도 ~ 폰세바돈(5/7, 23.5km)

오늘은 계속 오르막이지 한국 여자분들이 특히 어려워하는 코스이고

작은 마을 하나 지나는데 강원도 폐광촌 생각날 거야

거주민들이 대부분 도시로 나가 생긴 일이지

순례자들 없었으면 더 빈집이 늘었어

빈터 남은 돌담이 지나는 이들 걸음 늦추게 하는 곳인데

호젓한 소나무 길로 들면 생각이 나름 정리되는 곳이기도 해

일찍 다니니 스치는 사람도 거의 없을 걸세

지나온 길과 지날 길 생각하며 잘 걷게나

오늘 숙소에 가면 제일 먼저 자리 잡을 거야

주인이 골라잡으라 하면 창가 아래쪽에 자리 잡지만

마음 약한 자네는 오래가지 않아 내줘야 하는 일 생길 거야

중국인 부부가 오는데 남자가 하나 남은 아래에 누워 버리지

자네는 자릴 내줘야 하나 고민하다가 그래도 버틸 거야

조금 있다가 한국인 부부가 오는데 둘 다 빈자리는 위뿐인데

여자가 주인한테 가서 자기는 못 올라간다며 항의할 거야

서양인들은 꿈쩍 않는데 자네가 바꿔 주지 않고는 못 배길걸

여기까지 들고 다닌 게 성경이고 그 안에 담긴 뜻이 그런 거니까

고맙다는 소릴 듣지 못해도 마음에 두지는 말게

그런 소릴 들으려 한 행동도 아니니까

내리막 많은 내일 생각해서 푹 쉬고

246,6Km
CASTILLA Y LEON

지금 있는 곳은 가야산 정도 높이 폰세바돈으로 2,500m 레온산맥 설산이 마주 보입니다. 도착해 점심 마친 오후 1시 기온 8℃를 찍습니다. 내일도 빙점 가까이에서 시작하겠지요.

오늘 아침 먹고 길 나서는데 수다스러운 주인아주머니가 뭐라고 큰 액션으로 설명합니다.

친구의 통역으로 알았는데 엊저녁에 제 표정이 저녁 밥값을 비싸게 받는 것 같아 불만스러워한다고 읽혔다나요. 한국말로 절대 그런 거 아니라 하고 기념사진 한 장 찍었습니다.

오늘 걸었던 길은 우리 깊은 산골 마을 같았고 4km 여는 소나무가 빽빽했는데 강원도 운탄고도를 걷는 기분이 들었습니다.

오르막 5km 만나는 사람 없이 혼자 사색의 길 같아 걸어온 길과 남은 길 생각하며 호젓한 시간을 즐겼습니다.

내일은 좀 더 높은 정상에서 5m 높이 철 십자가를 보게 되고 내리막길이 이어집니다.

이곳 맑은 하늘과 청랭한 공기를 나눠 주고 싶네요. 마음으로 전해 드리니 신선한 오늘 되세요.

5. 7.

폰세바돈 ~ 폰페라다(5/8, 28.5km)

오늘 순례에서 중요한 의미 만나는 자리가 있지

철 십자가 이곳에서 많은 이가 잠시 머물다 가곤 해

정상에 서 보는 기분 느끼는 거라 할까

동틀 무렵이면 이곳에 기원 담은 돌을 놓고 가는 이들 많아

그때를 맞추려고 지난밤 숙소 근처는 호황이지

원래는 행정상 경계 표시를 한 것인데

오가는 이들이 무언가 기원하며 하나씩 돌 쌓은 게 명물이 되었어

자네도 기원할 게 있으면 돌에 적어 놓고 가게나

누군가를 위해 기도한다는 것은 좋은 일이지

열심히 올라왔으니 이제는 내리막길이지

내리막길이라고 쉽게 생각하지 말게

오늘 걷는 거리도 짧은 게 아니야 내일은 비 잡혔는데 더 잡았구먼

내려가다 보면 아마 북한산이나 도봉산 계곡 생각 들 거야

작은 골에서 나는 물소리 새소리가 정겹지 꽃향기도 그렇고

숙소 들어가면 씻고 든든히 저녁 잘 챙기고 푹 쉬게나

나도 어버이날이라 오늘은 일찍 들어가네

올 처음이지만 찾아온다는 애들이 있어서

해외 나오니 외교부에서 절도 사건 유형 및 예방 수칙, 해외 안전 여행 길잡이를 폰에 보내 주네요. 처음 유럽이라 여권을 복사까지 하고 깊숙이 넣고 다녔는데 지금은 도장 찍힌 순례자 여권을 더 귀하게 다룹니다.

오늘은 순례 정상부에 올랐더니 5m 높이 기둥의 철 십자가가 고갯마루에 자리하고 있습니다. 많은 이가 기원을 담은 글을 돌에 써서 쌓은 것이 거대한 무더기를 이루고 있어 볼거리였습니다. 누군가를 위해 기도할 수 있고 잘되길 바라는 것도 은총이겠지요.

올라갈 때만 힘든 줄 알았는데 내리막도 순탄치 않은 곳이 있어 많은 생각에 잠깁니다.

몰리나세카 마을 좁은 길 작은 메뉴판에 한글로 '김치 신라면 뜨거운 물 젓가락 제공'이 적혀 있어 점심 무렵이라 친구와 한 평 규모 가게에 들어가 배를 잠시 속였습니다.

내일은 비가 잡혔지만 큰 산을 넘어 남은 길에 대한 두려움 없습니다.

모든 것이 평탄하겠지요. 내일도 오늘만큼 행복이고요.

5. 8.

폰페라다 ~ 트라바델로(5/9, 33.5km)

비옷을 갖춰 입고 나와야 할 오늘이야

자네보다 30분 전에 나온 부녀가 있는데 오늘 세 번 마주칠 거야

아이는 딸인데 이제 아홉 살이야 나이와 이름은 나도 몰라

요즘 법이 무서워 호구 조사가 어려워

그 부녀 보며 자네 아이들 생각 많이 하게 될 걸세

아이들과 긴 여행을 해 본 적이 거의 없어서겠지

돌아가면 남은 시간에라도 해 보게

자네가 좋은 아빠이긴 해도 아이들과 대화는 거의 없잖아

추억거리 많이 남기게 그게 나중에 쌓일 자산이야

처음 포도밭을 보았을 때는 거의 싹이 보이지 않았지

오늘은 많이 자라 순지르기를 한 것도 보게 될 거야

봄날 하루가 다르게 변하는 게 자연이지

오늘 머물려는 숙소도 재미있는 곳이야

공용이어도 이층 침대 여덟을 채우는 날이 드물어

편의점이라 홀려도 믿지 말게 냉장고 하나 수준이거든

내일 더 걷는다니 푹 쉬게나

저녁은 초입 집에서 해 거기 송어가 맛있어

오늘 숙소에서 비옷으로 출발했는데 내일도 그럴 것 같습니다. 지금 있는 곳은 마치 강원도 강릉시에 속하지만 한참 깊은 단경골 계곡 같습니다. 우리나라면 평상 깔고 장사할 자리가 한둘 아닌데 이 좋은 곳에서 사람 보기가 어렵네요.

도로 옆 강물 흐르는 소리를 10여 km 넘게 들었습니다. 책에 나온 거리로 33.5km 걸었는데 내일은 트리아카스텔라까지 40km 목표로 하니 모레면 100km 안에 들겠지요. 집에 갈 날이 가까워져서인지 가기 싫은지 걸음이 느려지려 하네요.

숙소 나올 때 수염 덥수룩한 이가 열 살 안 되어 보이는 아이 손을 잡고 걷는 모습 보며 참 좋은 아빠구나 하는 생각을 했습니다. 내 아이들 어렸을 때 나는 무얼 했나 돌아보기도 했고요. 남은 시간이라도 아이들과 좋은 시간을 많이 나눠야 하겠지요.

내일 14세기 성체의 기적이 일어났다는 마을을 지나는데 오 세브레이로에서 그 성체를 보게 될지 모르겠습니다. 그대도 저처럼 기적과 같은 하루 또 만나세요.

5. 9.

트라바델로 ~ 트리아카스텔라(5/10, 40km)

오늘은 내가 밀렸어 하늘에서도 서열 있거든

다른 분이 이곳 5월의 맛을 보이겠다더군

살짝 빼낸 정보인데 소나기와 우박 두 번 천둥과 무지개가 있어

하나 부탁하지 비 끝자락에 만날 이가

백파이프를 들고 응원한다길래 그러라 했는데 날씨가 그러네

그러니 주머니에 동전이라도 넣고 있다가 통에 넣어 주게

그게 안 되면 성체의 기적 있었던 성당에 조금이라도 기부하고

나도 이런 실적 올려야 별표를 몇 더 받으니 이해해

성체 기적이 보관된 성당 이름은 왕립 산타 마리아 성당이야

처음에는 안개로 시작하는 오늘 길은 장난 아니야

미끄럽기도 하지만 오르내리는 고개가 두셋 있어

고개마다 이름표가 붙어 있어 그 이유는 차차 알게 돼

1,200m 고지의 산 로케 고개 순례자상은 순례자 조각 중에 제일 커

산 로케는 산이 아니라 아픈 사람들을 돌봐 준 치유자 이름이야

오늘 숙소는 4인실이지만 자네보다 먼저 온 노부부가 있어

속옷까지 벗어 널고 좋은 자리는 죄다 짐 풀어 놓은

할머니 목소리 장난 아니고 둘 다 화장실 자주 들락거릴걸

사흘 전 액션 큰 숙소 주인 목소리는 반도 못 따라와

그런가 보다 하고 귀마개 있으면 쓰게

체념은 빠를수록 좋은 거야 .

오늘은 이곳 5월 하늘이 보여 줄 수 있는 대부분을 보여 주었습니다.

두 시간여 안개 속을 걷게 하더니 비를 세차게 뿌려 대고 햇살 잠깐 보이다가 소나기에 우박을 섞습니다. 잠시 맑은 얼굴을 하다가는 10여 분 우박을 다시 쏘는데 비옷에 모자를 써도 정수리에 벌침 맞는 통증을 선물합니다. 천둥도 소리로 보낸다고 알리더군요. 무지개는 숙소에 들어가 보지 못했습니다.

고개도 두셋 넘었는데 무척 힘들었습니다. 라 화바 마을 넘는 고개 그리고 산 로케와 포이로라는 이름의 고개입니다.

오늘로 150km 안에 들어 6일간 천천히 걸으면 완주입니다.

먼저 온 프랑스 노부부가 아래를 선점하고 속옷까지 짐을 풀어 놓았는데 뭐라 할 수도 없어 배낭을 2층 침대에 올렸습니다. 아주머니는 방송인 이다도시 저리 가라입니다.

내일은 사리아라는 거점 도시에 듭니다. 오늘 절반 거리라 비만 없으면 하는 바람은 많은 양은 아니지만 마르지 않은 양말과 수건 때문입니다.

그대는 5월의 쾌청한 햇살 받는 행복한 주말 되세요.

5. 10.

트리아카스텔라 ~ 사리아(5/11, 24km)

순례 중에 몇 번 갈래가 있어 그중 오늘이 제일 클지 몰라

연속 빗길이라 짜증 부리지는 말고 잘 선택하게

내비게이션처럼 구글은 분명 짧은 길로 안내할 거야

선택하고는 뒤돌아보지 말게 돌아본다고 바뀌는 것 없어

1km 정도 고개가 나오는데 언덕 정도로 생각하고 그냥 걷게

고개는 좁은데 산 쪽은 깎았고 반대쪽에는 거의 돌담이지

적어도 5~6백 년 된 이곳 돌담들은 예술이야

이곳은 얇게 쪼개지는 절판암이 많아서인지 지붕을 돌로 많이 했어

모났거나 통통한 작은 것은 다듬어 담장과 바닥 편석으로 이용하지

길옆 비탈 아래는 모두 방목하는 목장이야

돌울타리는 가축 보호도 하고 도둑 방지인 것 같기도 해

오늘 머물려는 곳은 성당 주변으로 숙소와 가게가 늘어서 있지

오늘도 일요일이라 영업하는 한국 식당 찾기는 어려울 거야

이 지역부터 주방 조리 시설이 거의 없어

컵라면 만들기 쉬운 물 끓이는 포트도 없어

지역을 살리자는 의도인데 순례자들은 불편한 현실이야

불평 말게 이런 모두가 순례 프로그램이니

이런 것 겪어 보려 시간과 비용 들여 온 것 아닌가

비옷 입고 나선 오늘 아침 마을 입구의 갈림길 표지석이 시선을 끕니다. SOMOS와 SANXIL로 가는 길 중에 선택해야 했습니다. 친구의 구글은 조금 짧은 곳으로 가라 유혹합니다. 비도 오고 해서 SANXIL 코스로 들었습니다.

평탄한 길이 나오다가 시골 마을로 들며 좁아지는데 친구가 한마디 합니다. "AC 또 고개야." 어제 고개 넘으면서 힘들었나 봐요. 오늘은 전 같으면 출발할 시간에 일어나더군요. 샛길 덕에 공식 24km, 제 시계로 21.19km 찍혀 오늘까지 23일 중에 처음 역전했습니다.

얻는 게 있으면 잃기도 하듯 중세에 이곳 성당 100여 곳 관할한 수도원을 못 봤습니다. 지나갔어도 아마 비 때문에 생각 못 했겠지요.

숙소 접수는 오후 1시지만 11시 전에 도착하고는 어디 갈 수도 없어서 추위 녹이려 지고 다니던 라면 한 봉지를 친구가 끓여 잠시 몸을 데웠습니다.

내일도 비 예보라 양말만 빨고 신발은 물 축여 놓았지만 마르지 않을 것 같아 내일은 검정 고무신으로 출동 예정입니다.

새로운 한 주도 5월 향긋한 녹음 속에서 시작하세요. 오늘도 분명 좋은 날입니다.

5. 11.

사리아 ~ 포르토마린(5/12, 22.5km)

고무신에 비옷으로 출발하고도 들떠 있군

그럴 때가 되어가 순례 끝이 다섯 손가락 안에 드니

오늘 출발한 곳부터 순례 시작하는 사람들도 많아

최소 100km 넘으면 순례 사무소에서 인증서를 주거든

다음 알베르게도 그래서 북적거릴 거야

단체로 순례하는 이들 때문에 병목 현상 일기도 하지만 금방 풀어져

비 맞은 사람들 입이 오늘도 무거울 거야

지나며 먼저 "Buen Camino" 해도 답이 안 들릴걸

마음 같아서는 햇살로 내려앉은 분위기 바꾸고 싶은데

느꼈겠지만 끗발 밀릴 때가 종종 있어

그래도 10시쯤 햇살은 없어도 비는 그치게 애써 보겠네

숙소에 들면 먼저 라디에이터 가까이 자리 잡게

공용은 민원 때문에 날씨 축축하면 난방 돌릴 때가 있거든

빨래와 신발을 난방기 위에 놓으면 내일은 보송보송할 거야

이 정도 팁이면 괜찮지 않나

더 요구해도 더 들어줄 게 없지만

여기도 문어 요리 잘하는 곳이 몇 있어 잘 찾아보고

젖은 마음 풀고 푹 쉬게

지금 이곳은 포르토마린입니다. 지명대로 강다운 Mino강이 있고 과거에 배가 다니지 않았나 추측해 봅니다. 2세기에 로마군이 다리를 세웠는데 전쟁으로 파괴되었고 1120년경 순례자를 위해 다시 세워졌다네요.

이곳에 오기 전 100km 지점에 도장 찍는 곳이 있어 비옷을 벗고 순례자 여권을 꺼내고는 배낭 커버를 생각 없이 놓고 와 버렸습니다. 500m쯤 와서 생각났지만 갔다 되돌아오는 시간 때문에 잊기로 했습니다. 친구가 빌려준 것이기에 짝퉁이라도 구해 돌려주려 합니다.

어제는 칫솔을 잃어버려 편의점에서 다시 샀는데 이번이 두 번째입니다.

이틀 전 어딘가에서 벌레에 우측 발목과 정강이를 물렸습니다. 반점과 통증이 가라앉지 않아 딛기 불편하네요. 발목은 부어올랐지만 며칠 지나면 정상으로 돌아오겠지요.

연사흘 비 만나니 이젠 지긋지긋합니다. 내일은 맑기를 기대가 아니라 고대합니다.

한국인 소리 넘치는 숙소네요. 내일도 멋진 하루 되시길 기도합니다. 모두 힘차게 햇살 번지는 오늘 만나세요.

5. 12.

포르토마린 ~ 팔라스 데 레이(5/13, 26km)

오늘은 많이 지루할 거야 비옷 입었다 벗었다 너댓 번 할 것이고

잠긴 센다가 많아 발 내디딜 때마다 신경 돋을 거야

80km 지점에서 버스에서 내리는 이들 보면 기분 가라앉게 돼

스무날 넘게 봐 온 게 있으니 구름 걷힐 때마다 풍광도 그렇고

처음 5일 적응기 있듯이 끝은 익숙해져 온갖 것이 다 시들해

규모 줄여 침대 6개만 운영하는 숙소는 대기순이니 일찍 가 봐

부지런한 자네는 1층을 배당받지만 오래가지 못할걸

가장 늦게 오는 손님이 있지 산티아고 가족이야

네 식구가 순례 중인데 산티아고는 악동으로 유명해

소리 지르고 날아다니는 네 살 막무가내야 완전 'No Way'지

한국 같으면 치료받아야 하지만 여기서는 흔해

돌도 안 된 동생 마야와 엄마 에스타냐 보고 마음 흔들려

금방 2층으로 올라갈 거라 나는 확신하네

같은 방 한국 부부는 내일 공용 알베르게 가지 않을걸

시끄러운 산티아고 가족 만날까 신경 쓰여서

하늘나라는 어린이와 같은 사람들의 것이라는 주님 말씀 있지

오늘 끝자락에 부탁한 천사 특별 팀인데 그들은 그걸 못 알아봐

마야 옹알이에 지난번에 썼던 귀마개 오늘은 필수라네

아마 내일 한 번 더 쓸 수도 있고

M-100
CASA do REGO

순례가 사흘 남아서인지 스무날 넘게 본 게 익숙해져서인지 오늘 걷는 길은 지루했습니다.

아스팔트 포장도로에 붙은 순례길은 질퍽해서 반갑지 않았지요. 뻐꾸기, 종다리, 참새 소리도 그게 그것 같고 널린 살 오른 고사리도 야생화들도 눈에 들지 않더군요. 구름 벗겨질 때 드러나는 전원 풍광도 계속 봐 온 것이라 시들하고요.

숙소 순번 2, 3을 받고 1층 침대에 짐 풀었는데 난데없이 아기 둘과 함께 온 순례 부부에게 남은 게 2층뿐이라 양보하고 친구 자리 위로 옮겼습니다.

돌 지나지 않은 아기와 네 살쯤 보이는 남매인데 젊은 애 엄마가 감당하기 힘겨워 보입니다. 2층 여섯 침대 중 다섯이 현지인이라 이들 부부와 대화 소음이 시장통이었지요. 거기에 산티아고라는 개구쟁이가 날아다니고 아기는 옹알거려 오늘은 어쩌면 복 없는 하루 같지만 살다 보면 이런 날이 선물이지요.

삼 일 뒤에 만세 부르게 햇살도 지원해 주길 기도합니다. 모두 찬란한 햇살 받는 오늘 되세요.

5. 13.

팔라스 데 레이 ~ 아르수아(5/14, 29km)

이제 남은 게 오늘까지 삼 일이네

지금 안개가 잠겨 있는데 곧 풀게 하려네

그간 비가 신경 쓰여서 마지막은 햇살만 준비했어

오늘과 내일 풍광은 제주 같은 곳이 있어 좋은 인상이 들걸

나무 시냇물 돌다리 새소리 모두 적적하게 배치해 두었네

이곳은 걷는 뒷모습 카메라로 잡으면 잘 찍혀

두어 컷 자네도 남겨 보게 돌다리 지날 때도 그렇고

여기까지 왔으니 모든 걸 좋은 쪽으로 생각하게

그러면 배낭 멘 어깨도 가벼워진다네

자네 나이 적지 않은데 또 꼰대 같은 소리 해 미안하네

숙소 잡고 쉬고 있으면 저녁 6시 반에 종소리 많이 들릴 거야

미사에 나오라는 안내이지만

하루 정리하며 이제껏 걸었던 길 돌아보라는 의미도 있지

살다가 마지막에 가지고 가지 못하는 게 무얼까 생각도 해 보고

전에 말했던 '빅 마우스'가 늦게 나타날 거야

참다가 힘들면 가서 손가락 하나 입에 대 보게 조용해질 거야

산티아고네도 오는데 오늘은 옆방으로 보낼게

그래도 귀마개 하고 푹 쉬게

며칠 만에 순례길에서의 즐거움을 되찾습니다. 기온은 10도 넘지 않았고 안개와 구름이 주변 경치를 몽환적으로 만들어 주었지요. 파란 하늘도 흰 구름을 적절하게 배치하더군요.

제주 사려니 숲 같은 길이 열댓 곳 이어져 배낭 무게가 가볍게 느껴졌고 친구도 저도 걸음이 가벼웠습니다. 6시에 숙소 앞 식당을 배낭 두고 나갔다 오는데 숙소 문이 자동으로 잠겼습니다. 난감해서 누구라도 나오라 유리창만 두드렸지만 친구는 뒤쪽으로 넘어가 문을 엽니다. 융통성 없는 놈은 밖에서도 마찬가지입니다.

한국 사람이 많이 다녀가는지 Pulpo가 유명한 멜리데 식당에서는 "문어 맛있어요." 하면서 남대문 시장식 손뼉 치며 호객하고 어느 성당에서는 봉사하는 분이 도장 찍고 가라며 "오세요. 오세요. 감사합니다. 좋은 하루 되세요."라는 우리말을 합니다.

이제는 고개가 언덕으로 적응되었는데 막바지가 턱 앞입니다. 마감에 들어야겠지요. 5월 햇살은 언제나 반갑습니다. 그대 오늘이 장미 향 번지듯 행복 나누는 그런 날입니다.

5. 14.

아르수아 ~ 라바코야(5/15, 30km)

오늘은 아주 맑음으로 시작한다네

30km는 여섯 시간 거리인데 너무 서두르는군

14시에 순서대로 접수하는 숙소인데 4시 30분부터 짐 꾸리던데

대충 아침은 해결해도 커피 한 잔 제대로 마실 공간 찾지 못할 거야

길은 어제 같은 분위기지만 사진 남길 만한 성당 하나 없어

경당은 책에 산타 이레네에 있다지만 순례길을 돌려놓았다네

출발 지점에서 28km 가면 경당이 나오는데 봉사자가 도장을 놓고는

딴청 부리고 있을 거야 내 얼굴 봐서 동전 몇 넣어 주고 가게

걷는 길 내내 제주도 생각 많이 했을 거야 풍광이 많이 닮았지

오늘 머물 숙소 바로 길 건너에 슈퍼가 있어

이른 저녁은 제대로 하고 내일 아침 준비는 간단히 하고

순례 마치고 그동안 못 만난 한국 식당에서 한 그릇 비우게

택시에 장애 큰딸을 태우고 온 가족도 숙소에 들 거야

부모와 여동생이 한 몸같이 움직이지

그 모습 보고는 가슴 찡해질걸

오늘 커피 마시러 들를 카페에서도 좋은 기억 남기게

두 아들과 부모인데 느긋하고 편안한 모습에

자네 눈길 돌리지 못할걸 돌아가 그런 걸 해 보고 싶어서

시작이 있으면 반드시 끝이 있지 마무리 준비 잘 해 두게

내일 10시경 콤포스텔라에 도착해 12시 미사 보려고 10km 지점에서 멈췄습니다.

오늘은 맑은 하늘이 종일 내려다보더군요. 기온은 낮 되도록 10도를 넘지 않아 걷는 동안 손이 곱을 정도였습니다. 30km 정도 걸었지만 숙소 문 열기 전에 도착해서 길 건너 슈퍼에서 친구가 캔맥주를 사 와 구름 보며 시원하게 한 모금 챙겼네요.

오늘 풍광은 어제와 비슷해 제주 숲 걷는 기분이었지만 1km 넘는 오르막이 이어졌습니다. 그러다 내리막이 보이자 친구가 혼잣말을 합니다. "내리막은 반드시 배신하지 않아, 오르막이 나올 거야." 친구 말대로 낮지만 오르막이 나타났고 오는 내내 보이지 않던 성당도 아닌 작은 경당이 있어 잠시 걸음을 세웠습니다.

오늘 길은 마을에서 성당으로 이어지지 않아 28km 지날 동안 사진 한 장 제대로 남기지 못했습니다. 순례 끝나는 내일 무슨 일 이어질까 궁금하지만 시간에 맞게 고운 인연이 수를 놓아 주겠지요. 모두 내일이 궁금해지는 평안한 오늘 되세요.

5. 15.

라바코야 ~ 산티아고(5/16, 10km)

길 나서면 오늘 새벽은 나 대신 달이 맞아 줄 거야

달 삭고 해 오를 즈음에 작은 언덕 '기쁨의 산'에 도착할 거고

그곳 지나면 차량 소음이 조금 들리지 출근 시간대거든

마지막 선물이란 것 기억나나 놀라는 일이 하나 있다 했지

개 두 마리가 갑자기 달려들어 깜짝 놀라서 자빠질 거야

물지 않을 것이니 툭 털고 일어나게나

웃음이 속으로 터질 거야 선물이 뭐 이런 건가 하며

시내로 들어 차츰 카테드랄 첨탑이 보이고 가까워질수록

걸음 빨라지지만 광장에 들어가면 다리가 풀릴 거야

그동안 걸었던 기억도 앞으로 진행할 일정도 생각 없을 거고

산티아고 카테드랄은 사도 야고보 무덤 자리야

무덤에서 "여기 제베대오와 살로메의 아들

야고보가 누워 있다"는 묘비와 머리 잘린 시신이 나왔지

12시와 오후 7시 30분 미사 때 안으로 들어가면

지하에 사도 야고보 성해함이 있고

제대 뒤로 가서 산티아고 반신상을 껴안을 수 있어

미사가 끝나면 제대 앞으로 긴 줄이 내려오는데

대형 향로가 매달려 있지

향로 분향은 미사 때마다 하지 않고

축일 같은 지정된 날과 매주 금요일 저녁 미사 때만 하지

자네는 특별히 오늘 금요일 낮 미사지만 그걸 보게 해 줄게

향로가 크게 좌우로 오가면 향 연기가 성당 내부에 퍼지지

마지막에는 공중 부양처럼 중앙에서 위로 향로를 올리는데

그 광경은 천국에 오르는 듯한 장관이야

여기까지 오느라 애 많이 썼네

순례 증명서 잘 받고

아쉽지만 잘 가게

6시 10분에 기우는 중이지만 달님 마중을 받으며 나와 남긴 10km 채워 7시 50분 산티아고 데 콤포스텔라 카테드랄을 봅니다.

광장에 들어 배낭 풀고는 아무 생각 없이 주저앉았다 친구와 사진을 찍었습니다. 친구는 신발 벗어 배낭 옆에 놓고 같이 수고한 벗들을 위로하더군요.

오다 San Marcos라는 작은 동네 길게 뻗은 포장도로를 지나는데 갑자기 개 두 마리가 달려듭니다. 놀라 넘어지며 소리 질렀더니 물리지 않았지만 허리 쪽이 뭉쳐 뻑적지근합니다. 하늘이 순례 마지막이라고 깜짝 선물을 내려 주시더군요.

순례 증명서 발급받고 12시 미사 드리고 광장 한구석에 햇살 피해 앉았는데 속속 도착하는 이마다 자신의 고유 포즈 취하면서 사진 찍고 즐거워하며 휴식을 취합니다.

개구쟁이 산티아고 가족을 또 만나 사진 같이 남겼습니다.

늦은 점심을 한국 식당에서 하며 소주를 반주 삼았습니다. 이곳 순례는 마쳤어도 삶 속에서의 순례는 계속이겠지요. 하나의 여정을 끝내 시원합니다.

내일은 새로운 무언가가 또 연결되겠지요. 새로운 하루 시작하며 무료 충전소에서 행복 가득 채우세요.

5. 16.

이제 내 이야기도 마칠 때 되었군

그동안 어땠나 힘든 때 많았지

5월이어도 겨울 같은 아침 날씨와

개면 나타나는 햇살이 매우 따가웠고

원래 건기인데 올해 유난히 이곳 비가 많아 진창이 널렸어

일정 줄이겠다고 속도 내다 발바닥 발가락 발목 다 고생했어

살아가다 보면 고통이 여럿 따라오지

여기 오려고 결정 내리는 것도 조금 고통이 있었을 거야

어떤가 이제 헤어지게 되는데

길 걸으며 새로워진 게 뭐라도 있나

여기서 얻어 가는 게 별거 아니야

하느님에게로 가든지 사람 속으로 가든지

길 가는 것은 마찬가지야

좋은 기억만 담고 가게

좋은 경험을 했다고 스스로 장하다 생각하면 돼

살면서 또 다른 길을 찾아 걷겠다면 용기 있게 도전하게

내 마음속 콤포스텔라를 향해서

항상 건강하시게

그동안 반말해서 미안했네

"아디오스"

그리고 이 길을 지키고 가꾸는 이들의 수고 잊지 말게

준비하며(2025. 1. 21. ~ 2. 24.)
– 셋이 공유한 단톡방 이야기

| 2025. 1. 20. 월 |

김: 우리가 떠날 날이 3개월 남짓 남아서 이제는 일정을 확인하고 파리 도착해서 잘 숙소와 생장에 가는 기차표 예약 등등 준비를 해야 할 것 같습니다. 우선 파리에 도착해서 하루 정도 파리 관광 계획인지? 여행 비용은 어떻게 준비해서 갈 것인지? 각자 유튜브 사이트에서 준비하여 준비 리스트를 통해서 중요 준비물 공유하면 좋을 것 같습니다.

정: 파리에서 시간 되면 파티마 같은 성지도 보면 좋겠습니다. 비용은 언어 소통이 가능한 한 명이 집행하고 정산했으면 합니다. 준비 리스트는 저는 크게 준비할 게 없습니다. 혈압약이나 챙길까 합니다. 필수품 알려 주면 동행에 지장 없도록 하겠습니다.

김: 파티마 성지는 포르투갈에 있고요. 프랑스에 루르드 성지 있어요. 프랑스 남쪽이라 생장에서 멀지는 않지만 거기 들렀다 가려면 교통편을 많이 연구해야 할 것 같습니다. 석민이가 가톨릭 신자가 아니라서 루르드 성지를 들렀다 가는 것을 동의할지도 모르겠고….

윤: 이런저런 미팅으로 답이 늦습니다. 도착해서 하루 묵고 생장으로 바로 출발하여 준비하고 성지에 들르는 것이나 파리 관광 등은 순례 일정을 보

고 정하는 것이 어떨까요. 참고로 나로 인하여 성지 들르는 것이나 가톨릭 관련 행사에 참여하는 것에 방해받을 이유는 없습니다.

득용이 이야기했듯이 비용은 용태가 통합 관리하고 추후 정산하기로 하자고요. 파리 숙소와 생장 기차표는 부탁드리고요. 현재 적립된 이외에 필요한 듯한 금액은 추가로 입금하면 되겠고요.

김: 그럼 일단 적립하는 것은 3월분까지 입금해서 3월 말에 재복이한테 보내 달라고 해서 그것을 공금으로 환전해서 가져가는 것으로 하겠습니다. 어제 Buen Camino 앱을 깔아 보았는데 프랑스 길(생장 → 콤포스텔라)은 35구간으로 되어 있고, 혹시 하루이틀 늦어지는 것으로 감안하면 37일 걷는 것으로 하면 되겠습니다. 두 분 비행기 스케줄 올려 주세요. 나는 아시아나 항공으로 4/16 18:05 샤를 드골 공항에 도착, 6/7 21:00 바르셀로나 출발합니다.

윤: 정득용 에어프랑스 4/16 샤를 드골 도착, 5/27 12:50 샤를 드골 출발. 나는 항공사 이름만 대한항공이고 득용과 동일.

김: 4/27 파리에서 출발하려면 적어도 26일에는 콤포스텔라에 도착해야겠네요. 26일 파리로 돌아오는 비행기 편과 숙박은 미리 알아보셔야겠네요.

윤: 득용이 걸음에 맞추면 30일이면 콤포스텔라에 도착하지 않을까 싶습니다. 상황 봐서 순례 중간쯤에서 항공편은 조절할 수도 있으니까요.

김: 그래도 하루에 20~25km 걸으면서 풍경도 구경하고 여유롭게 다녀야 하는데…. 마라톤 달리듯 가는 것은 좀 아닌 것 같아요. 생장에 17일 도착해서 18일부터 출발하여 35일 그러면 5/22 도착하고, 루르드 성지 갔다가 하루 늦게 19일부터 떠나도 35일 걸으면 5/23 도착하니 날짜는 조금 여유 있어요.

문제는 4/20 부활절이라 사람들이 많이 모이게 되어 알베르게를 구하는 것이 쉽지 않아서 생장부터 부활절 다음 날까지 목적지의 알베르게를 예약해야 할 것 같아요.

윤: 사전 예약 좋지요. 그런데 사전 예약은 공립은 안 되고 사설만 가능하다 들었는데….

| 2025. 1. 21. 화 |

김: 첫날 숙소는 생장으로 가기 위한 고속 철도 탈 몽파르나스역 근처의 호스텔에 예약을 할까 합니다. 잠만 자고 아침에 바로 떠날 거라 근처 가장 저렴한 숙소로 알아봤습니다. 의견 주세요.

윤: 애쓰셨네. 난 좋습니다.

정: 저는 모두 콜입니다.

김: 열차 예약을 하려고 하니 문제가 생겼습니다. 오전 시간 열차는 모두 예약이 끝났고 오후 12시 33분 기차인데 바욘 도착 오후 5시 17분이고, 생장에 가면 거의 9시쯤 되어 잘 곳이 없을 것 같은데….

정: 잘 곳 없으면 그냥 역에 머물지요.

김: 또 다른 방법은 버스를 타는 방법이 있는데…. 야간 버스 17일 새벽 1:50에 출발하여 11:45 바욘 도착으로 거의 10시간 타고 가야 합니다.

정: 저는 다 괜찮습니다.

윤: 국내선 항공편 이용하는 것은 어떨까요? 구글 앱으로 검색하니 파리-비아리츠 항공편이 있습니다.

김: 드골 공항에서 바로 가는 건가요? 연결만 되면 비아리츠로 가서 자고, 다음 날 생장으로 가는 것도 방법이 되겠지요.

윤: 샤를 드골 공항에서는 시간상 당일 연결이 어려울 듯싶고, 오를리 공항에서는 저녁 9시 출발 편이 있네요. 오후 8:20입니다.

김: 당일 바로 가기 어렵다면 다음 날 기차로 12:30 출발 2번 갈아타고 생장에 저녁 7:43에 도착하는 기차 편도 있습니다. 생장에 호텔 예약이 가능

하다면 기차 예약을 하는 것이 낫겠네요. 가격은 3명이 200유로(고속 철도)

윤: 그게 좋을 듯합니다. 생장에서 호텔 비용을 좀 더 쓰더라도….

김: 일단 예약해 보겠습니다. 예약하게 영문 이름과 생일 올려 주세요.

김: 카드 결제를 하려는데 에러가 나서 다시 예약을 시도하려 했더니 그사이 누가 캔슬했는지 07:06 기차가 떠서 다행히 아침 일찍 떠나 생장에 오후 1:40 도착할 수 있게 되었습니다. 운이 좋네요~~^^

윤: Nice!!! 좋은 출발이군요.

김: 파리 숙소 예약했습니다. 싱글 침대 세 개가 있는 도미토리룸으로 예약되었고, 두 분이 저보다 일찍 도착하니까 공항에서 바로 엔조 호스텔로 와서 쉬면 됩니다.

윤, 정: 고맙습니다. 감사합니다.

김: 기차로 생장에 도착하는 시간이 1:40이어서 그날은 공립 알베르게에서 자는 것이 좋을 것 같고요. 유튜브를 보니 갔다 온 사람들이 피레네산맥을 넘을 때가 가장 인상적이었고 특히 오르손 대피소에서 하룻밤 자는 것을 강추해서, 거기서 하루 묵고 갈까 합니다.
생장에서 오르손까지 오르막길 7.7km로 첫날 무리하지 않고 몸을 걷는 데 익숙하게 달래는 정도로 하고, 다음 날 론세스바예스까지 18km 정도

가는 것이 무리가 없어 보입니다. 첫날 25km를 산으로 올랐다가 내려가는 것은 조금 무리 있어 보입니다. 다들 동의하신다면 오르손 대피소에 예약할까 합니다.

| 2025. 1. 23. 목 |

정: 예, 평지에서 더 걸으면 되겠지요.

윤: 가능하다면 당일 좀 더 가는 것이 좋겠지요. 생장 출발해서 순례자 여권 발급받는 시간 고려해도 시간상 문제없다면 그리 진행하지요. 아울러 알베르게 정하는 것은 보통의 사람들 하는 것과 굳이 맞춰야 할 필요는 없는 것 같습니다. 평지는 좀 더 멀리 걸을 수 있고 고갯길이나 날씨 상황에 따라 좀 더 걸을 수 있겠고요. 전체 Lay out 고려해 볼 필요가 있을 듯합니다.

정: 저는 모르는 게 많아 결정되면 잘 맞춰 지장 없도록 하겠습니다.

윤: 다들 처음이고 먼저 다녀온 이들 이야기 참조하는 것이니 조건 동일합니다.

김: 생장에서 순례자 여권 받는 시간이 길어질 것으로 예상되어 그날 바로 오르손까지 가는 것도 무리가 될 것 같아 생장에서 자야 할 것 같고, 오르손에서 안 자고 바로 론세스바예스로 가는 것은 25km 피레네산맥을 넘어야 해서, 첫날 너무 진을 빼는 것보다 몸을 걷는 데 순응시키는 것이 어떨

까 합니다, 오르손 대피소는 예약을 미리 해야 해서, 예약할지 말지를 결정해야 합니다. 4/17 생장 도착 알베르게에서 1박, 4/18 오르손 대피소까지 가서 1박.

윤: 오르손에서 하루 묵고 싶다면 여권 발급으로 시간이 걸려서 어두워져서 오르손에 도착하더라도 생장 도착일에 가는 것이 맞는 듯하고 생장에서 하루 쉰다면 피레네를 넘어가는 것이 그리 무리일 것 같지는 않습니다. 다녀온 분들 이야기를 보면 1,500고도이긴 하지만 대부분 완만한 고갯길이라 여성들도 큰 무리 없이 하룻길로 잡는 것 같습니다.

김: 오르손 대피소는 3월부터 열 예정이니, 3월에 다시 상의하겠습니다. 준비물에 대해서는 유튜브 보고 준비하시고, 순례길 알베르게는 이불을 제공하지 않아 초경량 침낭을 준비하는 게 좋다고 이야기 들었습니다. 참고하세요.

| 2025. 2. 24. 월 |

김: 4/17 오르손에 예약하려고 들어가니 이미 예약이 끝나 예약 가능한 곳을 알아보니 론세스바예스의 알베르게는 예약이 가능하다고 해서 일단 예약을 하겠습니다.

정: 수고하심 감사합니다. 아는 게 없어 최선 다해 따르겠습니다.

김: 생장에는 Municipal 알베르게에서 잘 예정인데 기차를 타고 1시 반

에 도착하면 가능할 것 같고, 예약은 안 받고 배낭순으로 들어갑니다. 생장에서 자고 새벽에 피레네산맥을 넘어 25km 가면 론세스바예스에 도착하는데 저녁 식사와 다음 날 아침 식사를 포함하여 예약하였고요. 다음 날 론세스바예스에서 아침에 떠나 21.3km 가면 수비리에 도착하는데 여기 알베르게는 예약 안 받고 선착순이라 도착 후에 점심 먹으면 될 것 같습니다.

체크인이 12시부터 1시 반이라 아침 일찍 떠나야 할 것 같아요.

다음 날 수비리 떠나 20.3km 가면 팜플로나에 도착하는데 여기 알베르게도 예약을 안 받습니다. 그래서 아침에 서둘러 가야 할 것 같습니다.

이렇게 하면 4/20까지의 일정은 어느 정도 정리된 것 같습니다. 4월 중순부터 순례자가 몰리고 부활절이 4/20이라 이때까지가 고비인 것 같습니다. 일정을 미리 점검해 봤습니다.

그 이후에는 같이 지내면서 향후 일정을 상의하면 좋겠습니다.

생장에서 첫걸음 떼며(2025. 4. 18.)

어쩌다 오늘인지 알지 못합니다
걷는 이 길이 우연인지 인연인지
출발을 수난 성주간에 잡았는지를

주님 수난 성금요일 내딛는 첫걸음
나의 걸음은 수난 아니길 바라면서도
그 아픔은 느껴 보려는 어리석음

십자가 진 채 해골 터 골고타
그분의 고난의 피땀을 알지 못합니다
내 어깨를 누르는 것만 고통스럽지 않기를 바랄 뿐

극도의 고통 속에서도 그들을 용서하신 분
그분을 바라보며 눈물짓는 성모님
두 분을 위해 묵주 기도 고통의 신비를 올립니다

내 기도가 누군가에게 힘 된다면
그에게 필요한 청원과 은총을 베풀어 달라
묵주 한 알씩 돌리며 첫걸음 옮깁니다

그를 돌보소서(2025. 4. 19.)

순례의 무게와 부피 만만치 않은 짐

빨래를 뺀 나머지 짐 속에서

두툼한 성경을 꺼냅니다

첫날부터 어깨 누르기에 제 몫 다하는

땀 씻고 빨래 널고 남는 시간

동방에서 본 별이 그들을 앞서가다가

아기가 있는 곳 위에 멈추었다[1].

바로 그 대목에서 멈춥니다

오래전 한 은수자의 꿈속에 나타난

신비한 빛이 이끈 벌판을 향한 그 길에서

다리를 다친 친구는

첫날로 여정이 멈췄습니다

가족 놀랄까 알리기 망설여짐에 더해

완주의 꿈을 접고 집으로 가야 하는 아쉬움

혼자 건너야 하는 시간을 나눌 수 없어

성모여 '그를 돌보소서' 기도만 올립니다

---

[1] 마태오 2.

부활하신 주님 오시네(2025. 4. 20.)

주님이 오십니다

영광의 마차 위에

우뚝 두 팔 벌리시고

날카로운 창 든 병사들 마저 길 열고

몰려드는 백성들 앞에서

가장 높은 성직자 머리 숙여 마중합니다

세상 구원 위해

인간의 온갖 조소 참아 내신

죽음을 이긴 주님의 개선(凱旋)입니다

부활하신 주님 위해

올리는 찬미와 찬송

끝없어 부족함 없어

기쁨 넘친 나팔 소리 환호 소리

하늘까지 높이 이어지나니

부활하신 주여 우리 가운데 임하소서

부활하신 주님 오시네(2025. 4. 20.)

자비의 언덕에서(2025. 4. 21.)

신발은 신되 옷 두 벌은 껴입지 말라 이르고
맨손에 지팡이나 하나 짚고 가라는 말씀에[2]
빵도 보따리도 돈도 없는 빈털터리

봄인데도 손 시리고
고개 들지 못할 정도 한낮 따가운 햇살
사도는 무엇을 전하려 이 언덕 넘었는지
푸르른 밀밭 사이 놓인 그의 이름의 길 길었다

밀 이삭 아직 여물지 않았고
물은 냇물 있어 그렇다 해도 빵 구할 수 없어
뱃속에서 나는 소리 요란했겠지

마을에 들어 마귀 쫓아내고 병자 고쳐 주며
주님의 이름으로 회개를 선포하고
몸 추스를 때까지 머무르기나 하였는지

마을에서 받아 주지 않으면 또 다른 마을로
진리를 귀담지 않는 이 만나면 신발을 턴 사도[3]가 넘은
길 끝 언덕 이름은 자비지만 높고 가파르다

그 언덕 내게는 사도만큼은 아니어도 고행

---

2) 마태오 10. 10., 마르코 6. 8.
3) 마태오 190. 14., 마르코 6. 11.

여왕의 다리 건너 나선 길에서(2025. 4. 22.)

미루나무와 그림자만 보다가
유채밭 사잇길 걷습니다

길가 양귀비꽃 고개 내밀고 있기에 울컥
잘 다듬은 집 마당에 핀 모란 보고도 울컥

사진 찍는 소리겠지요
흔들린 내 마음이 그런 소리 내진 않았겠지요

집 나선 지 한 주
아내의 문자는 한 달 넘은 이의 마음을 보여 주네요

어머나~
난 어제부터 엄청 보고 싶은데ㅠㅠ

그대 보고 싶다기에 라일락 찍고
불두화도 찍어 카톡에 실려 날립니다

이 길에 초대하고 나를 이끈 이는 누군지
무얼 얻고자 이 길을 걷고 있는지

남의 담벼락과 길 위에서 왜 사진이나 찍고 있는지

동쪽으로 갈까요(2025. 4. 23.)

손바닥 안에 모든 길이 있음을

시골에서 나와 세상 구경하려니 알겠네요

90년대 여행 책자 들고 다녀도 불편하지 않았는데

지난해 동남아 때도 가이드가 있어 불편을 몰랐는데

막내가 깔아 준 파파고

벌레 물린 데 뿌리는 파스 살 때 썼을 뿐

AI 시대로 세상이 바뀌었다는 것을 몰랐네요

구글 앱과 지도는 일등 항해사라는 것을

신세계는 이런 것

모르는 곳이 없고 못 찾는 곳 없으니

외국 나가서도 시골 마을 구멍가게가 있나 없나

영업시간은 몇 시까지도 척척

별자리 보고 길 찾는 것은 옛이야기

동방 세 현자도 지금이라면 하나 정도 깔고

가까운 길로 별빛 안내 받아

며칠 경비라도 줄였을 것 같아 웃네요

동쪽으로 갈까요(2025. 4. 23.)

동키의 유혹(2025. 4. 24.)

헤이! 미스터 친구 하자고

나 짐 날라 주고 먹고사는 동키야

남미 티베트에도 내 친구들 많아

내 조상들은 스페인에서 천 년도 넘었어

난 전문가라고

지금은 배낭만 하지만

차 나오기 전에 사람들도 많이 태웠어

높은 성직자들은 왜 그렇게 무거운지

이웃을 사랑한다는 생각으로

일 맡겨 봐 서로가 좋다니까

요즘 기름값 높아도 10유로 안 넘겨

30km 넘어가면 추가로 더 받기는 해

서로 사랑하라는[4] 말도 있잖아

하루만 맡겨도 편하다니까

---

4) 요한의 둘째 서간 5.

뒤돌아보네(2025. 4. 25.)

내 인생에서 누가 나를 이끌기에

스페인 카미노 길 위에 서 있는지

사람은 오직 마음으로만 잘 볼 수 있고[5]

중요한 것은 잘 볼 수 없다는데

여기서 무언가 얻을 수 있을지

무언가 버리면 가벼워질지 착각한 것일까

인생은 나누고 더불어 가는 것이기에

내 자신을 돌아봐야겠다 이 길 위에서

남이 대신 걸어 주지 않는 이 길

느리거나 빨라도 종착은 같은 길

삐리, 삐리, 삐리 종달새 소리

바보, 바보, 바보로 들리는 길을 걷네

뒤돌아보네(2025. 4. 25.)

---

5)   생텍쥐페리 《어린 왕자》 중에서

길 위에서의 명상(2025. 4. 26.)

별들도 걷다 지쳤다는 들길 건너려

밤사이 풀리지 않은 어깨 다시 짐을 싼다

경건하게 나의 현존에 희망과 확신을 새기는

아침 기도 끝에 잠기는 짧은 시간

어떻게 살아왔고 살아갈 것인지

내 안에 내 생명 안에 무엇이 깃들어 있는지

돌아보는 잠깐의 기쁨이여

내가 다른 사람을 위해 필요한지

도움과 사랑을 나눌 수 있는지를

어느 분처럼 광야에서의 유혹은 없지만

등 뒤로 끌어당기는 무게

오늘도 이겨 내려 한다

언젠간 그 끝에서 나를 찾아보기 위해

산타 에우랄리아 성당에서(2025. 4. 27.)

황새가 자리 튼 주님의 집 종탑
천 년 견딘 성전의 모습 초라하다

무성한 잡초 허물어질 듯한 귀퉁이 돌
쇠사슬을 걸어도 이상하지 않을 낡은 대문

폐렴으로 숨 몰아쉬는 환자처럼
15분마다 내뿜는 가쁜 종소리

제단에 쌓인 먼지로 빛 잃은 성모님 화관
무겁게 느껴지는 성자를 안고 계신 두 팔

어두운 성전 늙은 자매님이 홀로 지키는 촛불
누구를 맞으려는지 사람 그림자에도 흔들린다

주변은 도시로 떠난 신자들이 남긴 빈집과
대비되는 새로 지은 순례자를 맞는 숙소

부익부 빈익빈
사회책에 나온 글씨가 여기서도 읽히다니

기부를 원하는 접시에는
5전 10전 20전 가벼운 동전 몇만 달그락댄다

부르고스 대성당 새벽(2025. 4. 28.)

높이 높이 더 높이
첨탑 하나라도 더 다듬어 올려
주님께 다가가려는 욕망

하늘을 찌르게 하라는 지시
장인은 손끝 갈라지고 터져 가며
돌을 다듬고 아치 틀에 맞춘 균형

문마다 새기고 다듬어 올린 조각상
벽마다 걸린 성화와 고난받는 주님의 모습
천국에 오르고 있는 제단에 새겨진 성인들

문 앞에 쪼그려 앉아 작은 통을 내민 아이
나이 든 여인 부자유스러운 남자
그들은 움직이는 조각이다

광장에서 성당을 올려다보는 이들
단체로 계단을 차지하고 사진 찍는 관광객
하루 더 머물려는 순례객으로 채워지는 도시

주님은 성스러운 이곳에 머무실지
시장통에서 건설 현장에서 시위장에서
하루를 이으려다 눈물 닦는 이들과 계실는지

보물 가득 찬 대성당에 어둠 내리고
천사들도 몸을 감춘 새벽
안전복 입은 성자들 형광 불빛으로 청소한다

비교 불가(2025. 4. 29.)

나를 알아주지 않은 세상

세상 넓은지도 몰랐던 나

그러니 나이 들어도 철부지

메세타는 사회과 부도 설명인 줄 알았네

웬걸 서산 간척지가 풍덩 잠기고

김제 평야도 반쪽 정도

그런 게 한둘 아니라니

비교 불가가 맞는 말

남과 나를

지나간 어제의 나와 오늘의 나

그리고 지나갈 나 역시 비교 불가겠지

끝없이 넓은 공간 속으로 나를 찾아가다가

순수한 시간 속에 잠기는 기분

오감에도 맡겨 보고 하느님 현존으로 향해야겠다

내 안에 있어도 몰랐던 메세타를 찾아서

빨래 널기(2025. 4. 30.)

순례길에서 누구나 하는 빨래

샤워하듯 속옷 한 장이라도 빤다

해 보지 않던 사람도

혼자 해야 하는 것 중 하나

자신을 위한 일이지만

상대를 배려도 있다

바람과 햇살이 도움 주지만 둘 다 없는 날

자기만의 방식으로 배설하듯 해결한다

배낭에 묵히기도 하고 버리기도 하면서

몰아서 세탁기와 건조기를 돌린다

영혼도 정화와 세탁이 가능할까

불고 싶은 대로 부는 바람처럼[6]

누군가 붙잡거나 의지하지 못했기에

오늘 이 길을 걷는지 모르겠다

내일은 어린이 웃음처럼 맑고

조금이라도 가벼워져야 할 영혼

매일 조금씩 내면도 빨아 널어야겠다

---

6) 요한 3. 8.

하느님의 빵(2025. 5. 1.) – 근로자의 날에

근로자도 아니면서 쉬고 싶다

누가 가라고도 막지도 않는 순례

쉬고 있는 십 년

앞으로도 계속 그럴 것 같고

빵을 구하기 위해 해야 하는 일은 고행

힘들게 일한 이들 쉬도록 한 하루는 배려다

하느님의 빵은 하늘에서 내려와

세상에 생명을 주는 빵[7]

그 빵을 받아먹기 위해

내적 맑음으로 가득 채웠으면 좋겠다

오늘 하루도 열심히 걸어서

변화를 향해 마음 열어 가야겠다

충만한 삶으로 채워

본향에 다다라서도 배고픔 없도록

빛이 곁에 있는 동안(2025. 5. 2.)

빛이 너희 곁에 있는 동안 걸어가라[8]

자기 자신을 선사하고

시간과 물질을 아끼지 않고[9]

어떤 감사와 보상도 기대하지 않으며

자아의 한계마저 넘어서서

네가 어디로 가는 줄 모르는

어둠 속을 가는 사람 되지 않으려면

길 끝에서 기다리는 분의

사랑 안에 머물러야 한다

아직 네가 그 사랑 깨닫지 못했어도

밀 이삭이 바람 타고 추는 춤도

빛이 있는 동안 볼 수 있으니

네 마음 안에서 마주하는 분

그분의 빛과 바람을 받으며

오늘도 걸어라

8) 요한 12. 35.

9) 자카리아스 하이에스 《별이 빛난다》 112쪽

바람처럼 하기(2025. 5. 3.)

꽃은 바람이 다가와 속삭이고

사랑한다 다독여 줘야지 피지요

게으른 척하면서

수고했다고 안아도 주고요

"사랑한다", "수고했다"는 말

수시로 날려야 더 많이 웃겠지요

그대의 두 발과 배낭 짊어지는 어깨

다독이세요 안아도 주고요

무거운 짐을 진 너희

다 나에게 오라는 말[10]

말없이 수고한 자를 위한

따뜻한 사랑입니다

눈에 드는 야생화 사진으로 담아

집으로 보내세요

기다리는 이는

그 꽃 보고도 웃겠지요

---

10) 마태오 12. 28.

목적지 앞에서(2025. 5. 4.)

목적지는 길이 끝나는 곳

오늘은 쉬어 갈 이곳

삶의 목적지 어딘가 궁금해지는 시간

잠시 숨 고르기를 한다

다른 끝자락은 다가가려 서두르다가도

쓰디쓴 약초 날카로운 메스

줄줄이 매단 수액으로 버텨 내며

할 수 있다면 천천히 가려 쳐 대는 손사래

고통 겪으며 걷는 이 길 위에서

무엇이 나를 치유하는지 묻는다

살면서 쌓인 육신과 영혼의 상처

이해와 구원을 받기는 하는지를

며칠 지나 이 길 끝에 서면

"참 좋았다", "잘 걸었다" 말하겠지

다시 오지 않을 오늘이라는 선물

하루라도 기쁨으로 채우면서

조심할 일(2025. 5. 5.)

별빛 따라가는 길 위에
자동차의 소음이 인다
들판 사이 세워진 도시
월요일 출근하는 사람들이 내뿜는

이런 곳에도 하느님이 계시는지
"그라시아스"를 불러오는 "올라"
차 향해 손 흔들면 따라 웃는 손 인사
그분 정말 계시긴 하나 보다

"이게 뭔 지랄이여"라는
배낭을 메다 툭 튀어나온 말
곱지는 않아도 속에서 나온
진심이다 가볍지 않은

보이지 않는 곳에서도 보는 분이 있어
대자연을 앞질러 가는 분이 있어
도시에서도 시골길에서도
조심할 일이다 말이라는 이것

알 수 없는 것이지만(2025. 5. 6.)

배낭 풀고 마시는 커피 온도

길가에 앉아 마주 보는 부부의 웃음

구름 사이로 보인 듯한 누군가의 얼굴

식당에 들자마자 들리는 소나기 폭죽

고갯마루 허름한 가게

과일과 커피 쿠키를 펼쳐 놓은 길가 상점

개를 옆에 두고 몇 가지 물건 펼친 멋진 사내가

누런 폐지에 스탬프 그려 놓고 유혹하는 것

이 길 끝에 설 즈음 바뀔지 모를 내적 변화

나를 바꿔 놓을 만한 것인지

신자가 되었다고 달라진 게 있는지

이곳에 오지 않았으면 무얼 하고 있을지

이곳에 온 이상 지금과는 다르게

어떤 시선이나 평가에 휘둘리지 말자

나만의 길을 걷는 사람이 될지 알 수 없지만

노력은 해 볼 만한 일

왈가닥 루시를 아시나요(2025. 5. 7.)

왈가닥이지만 친근한 루시[11] 아줌마

60년대 말 흑백 TV 앞에서 킬킬거리곤 했지

아내 세례명 루치아 미국식 발음이 루시

속으로 웃은 것은 이유가 있어서지

아줌마가 남긴 말

"세상에 내가 그런 짓도 했었다니"

내가 산티아고를 걷고 있으니

언젠가 나도 그런 말을 하겠지

별빛이 내 앞에서 길 안내해 주기에

유튜브 같은 다른 이들 말 귀담지 않고

의심과 두려움 떨치고 하는 도전

오늘도 별을 본다는 게 살아 있음이지

아줌마가 남긴 또 다른 말

오늘 이 길 걷지 않으면 튀어나올 말

"젠장, 해 보기라도 할걸"

의미 있는 일은 축복이고 은총

---

11) 〈왈가닥 루시〉: 루실 볼(1911~1989) 주연 1951년 TV 방영물, 원제 〈I Love Lucy〉

철 십자가 앞에서(2025. 5. 8.)

길을 걸으며 갈망했던 자리

정상이기에 내리막만 남은 곳

자연스럽게 기도가 이어진다

새로운 도전 이어진 매일

지금까지 여정에서 만나지 못한

하느님을 이곳에서는 만날 수 있을지

중간에 버린 애써 들고 온 돌

모든 것이 다 좋아진다고 그럴 것이라고

바로 앞에서 집은 작은 돌 위에 적는다

나를 위한 것은 없는

빼곡히 적은 기원은

시간이 해결해 줄 것이라는 믿고 돌아서는 길

차곡차곡 사랑 포개진 돌무더기 위에

오늘에 만족하라고

키다리가 그림자 늘리며 웃고 있다

인생이라는 여행을 위한 배낭과
오늘 순례길에 얹힌 배낭의 무게
저울질해 보고 싶은 하루
지난 하루의 무게 덜어 내려
청하는 자비의 기도 길어진다

나 혹은 타인과 화해할 시간
주님의 몫이 무궁하기에
잊는 게 상책인 지나온 길
앞으로 나아가려면 털어 내야 하는
기억에 남길 이유 없는 그 길

내 손으로 덜어 내지 못할 무게
고민 없이 하느님께 맡깁니다
그래도 덜어 내지 못하는 애물단지
자식이라는 이름의
내 손이 빚은 질그릇들

서로 기도하기(2025. 5. 10.)

누군가의 기도와 응원은 기쁜 일

누군가를 위해 기도할 수 있음도

내가 너에게 무엇을 해 주기를 바라느냐[12]는 말씀

오늘은 그저 목적지에 도달하기만 바랄 뿐

부끄럽기도 한 이 작은 소망

지난번에도 걸어 본 40km 거리

5월에 비바람과 우박이 길을 막아서지

몇 곳 험한 고개를 넘어야 해서는 아니다

매일매일 출발하다 보니 매일 새로운 하루

치약과 세수한 비누만큼이라도 가벼워지는 짐

조금이라도 강해진 두 발과 허리

집으로 돌아갈 풀꽃 같은 희망

서로 남을 위해 기도하라[13]는 말씀

기쁨을 주고받으라는 메시지

누군가의 기도와 응원을 받고

누군가를 위해 기도해 주고

---

12)   루카 18. 41.

13)   야고보서 5. 16.

이정표 앞에서(2025. 5. 11.)

광야와 어둠으로 이어진 새벽 들길

선택을 요구하는 두 개의 이정표

시간을 단축해 주는 짧은 길은 심한 경사

걷다가 욕이 또 튀어나오려 했다

선택과 선택으로 이어진

조금이라도 빠르게 성공하고 싶었던 젊은 날

돌아보니 집과 가족을 꾸리는 정도였고

남은 것은 내가 사는 집 한 채와 식구들

도로를 따라 자전거 페달을 밟거나

버스나 자동차에 오르면 쉬운 그 길을

굳이 비옷으로 짐 가리고 고갯길을 오르려 한다

질퍽대는 진흙탕에 미끄러져 가며

인간의 길은 밝음보다 어둠에 쉽게 물들여져

헤매지 않으려 붙잡는 또 한 번의 선택

서로 사랑하라는 그분

광야와 어둠을 걷는 지름길이다

풀꽃 밟아 보니(2025. 5. 12.)

길 걷다 비옷을 입다 벗어 본 사람

구름자락 걷힐 때마다 웃는 전원의 풍광에서

인간은 풀과 같고 그 영광은 풀꽃과 같다[14]는 말

눈으로도 이해하고

풀밭에 젖은 신발을 벗어 본 사람

부드러움의 의미를 안다

풀꽃이 드러내는 향기와 색상과 질감

그 아름다움 느낄 수 있음도

누군가에게 분명 감사할 일

지나는 새의 노래와 바람의 손길 실리면

살아 있음에 대한 기쁨은 영광

찬미와 찬사는 그다음 이야기

풀꽃 밟아 보니(2025. 5. 12.)

---

14)　베드로1서 1. 24.

별은 빛나네(2025. 5. 13.)

우리는 모두 빛나는 존재

각자 마음속 별은 작지 않네

오늘 들판을 지나는 동안의 짧은 고통

내 삶에서 또 다른 작은 별로 반짝이겠지

고통과 기쁨을 함께 느끼는 이 길

사랑이 함께하네

곁을 지나는 사람에게 전한 "부엔 카미노"

그 말이 내게로 돌아올 때 내 마음 빛나네

갈망의 별은 줄고 평안의 별은 자라

내 마음의 지평 조금씩 넓혀지니

고개 숙일 나이가 되어 품 안으로 들여지는

너희는 세상의 빛[15]이라는 말씀

나를 평화의 도구로 쓰실 그날

십자가 지신 분처럼 앞장서지 못해도

도구가 아닌 덤불이라도 되어

불씨 살려 빛을 내 보이려 하네

별은 빛나네(2025. 5. 13.)

---

15) 마태오 5. 14.

새로운 시작(2025. 5. 14.)

입었던 옷 벗어 둘 준비를 한다

이틀 뒤에 만나는 기쁨의 자리 끝나면

내 몸과 영혼 한 꺼풀 허물 벗겨

더 당당하고 새로워지려는 의식

순례 이전의 나라는 존재

29일간 닳아 지니고 가지 못한다

삶에 대한 기쁨과 비움에 대한 즐거움만

옆자리에 붙들고 남은 길 가야 한다

새로운 시작이 되겠지

가을에 든 사내가 갑자기 변하지 못해도

천천히 물들어 자신의 색을 내며

마지막에는 불꽃을 피울지도 모르니까

용기 없었다면 도전하지 못했다면

이 자리에 있지 못했겠지

낮추고 겸손해지라는 들길이 전해 준 말

남은 항해에 나침반으로 잡고 나아가야지

이제 남은 시간은 하루

별이 인도하던 자리 내일이면 도착

갈망이 남은 날 동안 채워질지 모르지만

길 떠난 자는 집으로 돌아가는 법

누군가에게 나를 맡기고 걸었던 길

이제는 손에 닿지 않는 먼 길이 되어 간다

그분 마음에 들었는지 궁금해지는

별을 따라 걸었던 날들

고요하게 앉아 잠긴 침묵의 시간

나 자신도 이제 내려놓으려 한다

내가 한 일은 없다

주변에서 밝혀 주고 잡아 주었기에

채워지지 않은 게 있다면 두고 갈 일

내려놓는 일만 챙기자 더 가벼워지도록

광장에서(2025. 5. 16.)

그곳에 있었다 누가 부르지도 않았는데

하루의 절반 넘게 비행기 타고

또 몇 시간 고속 기차를 타고

걸어서 며칠에 며칠을 몇 번 더하면서

누가 재워 주고 밥 주지도 않고

커피 한 잔 생수 한 병도 주머니를 조르는데

발바닥 물집 잡혀 가며 햇살에 그을려 가며

되지도 않는 말보다 보디랭귀지를 앞세우고

산 넘고 강 넘고 비탈길 도로 옆길 풀숲 헤치고

푸른 밀밭 포도밭 지나 산마을 큰 도시 지나

문 잠긴 성당 문 열린 성당

하늘 찌르는 거대한 성당을 지나는 순례

어디서 왔느냐 묻는 서로 다른 얼굴들

인사 나누고 웃고 떠들며 각자 걸음에 맞추다가

침대 한 자리 차지하면 굼벵이가 되어

침낭 속에서 다음 목적지로 터트리는 코골이 소리

광장은 완주를 즐기는 자들의 성지

살아 있는 자가 죽은 성자를 찾아

무엇을 기원했는지 무얼 배웠는지 아무도 모른다

산티아고 데 콤포스텔라는 지금도 진행형이기에

감사를 드린다

무사 완주를 이끄신 이

들판 건너라 안내해 준 별님과 높은 곳에서 웃고 계셨던

그분과 그분의 어머님께

En la CRUZ
esta la VIDA

JUBILEA
2025

JUBILEO
2025

A casa da
TORTUGA

246,6Km
CASTILLA Y LEÓN

MENU

SANXIL

ALBERGUE
CARBAJALAS
LEÓN

CERRADO

샛별이 들려준 이야기 따라 걸어간 들길

1판 1쇄 발행 2025년 07월 15일

지은이 정득용

교정 주현강   **편집** 김다인   **마케팅·지원** 이창민

펴낸곳 (주)하움출판사   **펴낸이** 문현광

이메일 haum1000@naver.com   **홈페이지** haum.kr
블로그 blog.naver.com/haum1000   **인스타그램** @haum1007

ISBN 979-11-7374-105-0(03810)